ネアンデルタール人が見た夢

祁答院隼人 著

セルバ出版

ネアンデルタール人が見た夢　目次

アトランティス編

古代編

現代編

はじめに

　この物語は現生人類が誕生し、神話が語り継がれる時代から始まる。

　まずアダムとエヴァの二人にモノリスから言葉が授けられる。モノリスとは何か？　それは宇宙の意志、それとも人類を導く神なのか？　物語では人の生を肯定するするアッシャーと、それを否定するベルウェザーによって暗闘が繰り広げられる。

　今から四万年前、イベリア半島でホモ・サピエンスのエヴァとネアンデルタール人のアダムが出逢った。二人は不思議な力を持つ板モノリスに導かれて、カインとアベルの二人の息子を授かった。

　しかし、絶滅に瀕したネアンデルタール族のエウエノルは一家を襲ってアダムの命を奪い、ジブラルタル海峡を渡ったアガンティールというアフリカの地にエヴァを連れ去ってしまった。

　エヴァはその地でアトラスとルルワの兄妹を儲けるが、モノリスの導きにより、少年になったアトラスを海に流してしまう。アトラスはテネリフェ島に流れ着くが、そこで別のモノリスの力で特別な力を持ち、自分を追放した母親に復讐を誓う。

　アトラスはアガンティールに戻り父親のエウエノルを人狼にし、ジブラルタル海峡を渡りイベリア半島に至るとガデイラ族のエウメロスを吸血族とすることで、バンパイアから成るケルベロス軍団を組織し、アトランティス帝国を築くことで、エヴァへの復讐を企てたのだった。

　これに対してカインらは、エジプトでプロメテウスの火というアトランティスを滅ぼすことができる装置を準備するが、それを発動させるには更に二万年のときを待つ必要があった。そして時代は進み一万二〇〇〇年前になり、アトランティスを滅ぼすプロメテウスの火点火の日が近づいた。

エヴァは決心してアトラスに会うためアクロポリスに行く。そしてエヴァとアトラス、アトラスの父親エウエノルを加えた三人は、プロメテウスの火がもたらした小惑星の衝突による大災害に巻き込まれて命を落とすのであった。

神話の時代は更に進み紀元前三〇〇〇年、イングランド南部のストーンサークルにおいて、エウメロスらプロメテウスの火を生き延びた者がアトラスの蘇生を試みていた。しかしエウメロスはモノリスの力を受けることができずに失敗する。このとき一瞬姿を現したアトラスから、カインのプロメテウスの火を奪うことで再び世界を滅ぼす指示を受けたのであった。

この後、エヴァとアトラスの戦いは神話となり、カインがヤハウェとしてモーゼに与えたモノリスを納めた契約の箱は、アラビア半島から黒海南岸を通り東進して天山山脈の回廊を通り中国、そして日本に至った。そして現代、神話の時代から人の世に変わった世界において、エヴァの意志を受け継いだ秦房子、岡本光と君島剛が再び現代に姿を現したエウメロスらと戦いを繰り広げるのであった。

アトランティス編

1　創世記第二章

少女と男

「それで人は、すべての家畜と、空の鳥と、野のすべての獣とに名をつけたが、人にはふさわしい助け手が見つからなかった。そこで主なる神は人を深く眠らせ、眠った時に、そのあばら骨の一つを取って、その所を肉でふさがれた。主なる神は人から取ったあばら骨でひとりの女を造り、人のところへ連れてこられた。そのとき、人は言った。『これこそ、ついにわたしの骨の骨、／わたしの肉の肉。男から取ったものだから、／これを女と名づけよう。』それで人はその父と母を離れて、妻と結び合い、一体となるのである」

時代は今より遡ること四万年前のこと。ところはイベリア半島南西部の、セビーリャを頂点としてティント川とグアダルキビール川に挟まれた三角地帯内で、タルシシュと言った。現在そこにはドニャーナ国立自然公園がある。

その少女は、祖母の薬になる野草探しのため、いつもよりも邑から離れたところまで出て来ていた。

そして、草むらの影から少女を狙う目が光っていた。少女は自分の身に迫る危険に気づくこともなく。薬草探しに夢中になっていた。

すると、ガウォー！　という唸り声をあげた野獣が、ここぞとばかりに少女めがけて襲い掛かって来た。野獣の唸り声に振り返った少女は、声を出すこともできずに地面に座り込んでしまった。

そして野獣が少女に飛び掛かろうとしたそのとき、少女の後ろから男が駆け寄って来て、棍棒を力任せに振って野獣の顔面を打ち砕いた。

野獣はギャウー！　という悲鳴をあげて地面に叩き伏せられたが、すぐさま立ち直って低い唸り声をあげながら男に向き直った。男は棍棒を頭の上でブン！　ブン！　と風を切りながら回して野獣を睨み付けて対峙した。

野獣はヨーロッパライオンで、先史時代および有史時代の半ばにおいて、西はイベリア半島から、南フランス・イタリア半島・バルカン半島を経てギリシア北部に至る、ヨーロッパ大陸南部のほぼ全域に分布していたことが知られている。ヨーロッパライオンは、ヘラジカやヨーロッパバイソンなどを捕食する大型肉食獣のニッチ（生態的地位）を担っていた。

男は「ウォー！」という雄叫びをあげながら棍棒を回す速度を上げると、ヨーロッパライオンはじりじりと後ずさりした。そして男が棍棒を振りかぶり野獣の鼻先を掠めるように地面を叩くと、野獣は後ろを振り返り走り去ってしまった。

男は再び「ウォー！」という雄叫びをあげた。男はずんぐりした骨太の筋肉質の体躯をしており、顔は大きな鼻が前にせり出したようで、頭も大きかった。少女は自分を猛獣から救ってくれたその男の容姿を、自分の邑《ゆう》にいる誰とも違うものだと感じていた。

スペインの洞窟シマ・デ・ロス・ウエソス（骨の採掘坑）で出土した人骨の調査により、ネアンデルタール人の顔面は頭蓋よりも先に発達したことがわかっている。ネアンデルタール人は先史時代に生きていた初期人類の一種族である。ずんぐりした骨太の体型と大きな鼻で知られ、ヨーロッパと西アジアに分布していたが、化石記録は約二万八〇〇〇年前を最後に途絶えている。

スペインの洞窟から出土したネアンデルタール人の頭蓋骨を調べたところ、ネアンデルタール人の顔面は、特徴的な太い眉と大きな顎を約四十三万年前の時点で獲得していたことがわかっている。

男はヨーロッパライオンがこの場から立ち去ったことを確認すると、少女のほうへ近づいて来て、座り込んだ少女の顔を覗き込んだ。少女は猛獣に襲われた恐怖から腰が抜けたようで立ち上がれないでいた。少女の手には、祖母のために集めた薬草の束がしっかりと握られていた。

男は少女に近づくと後ろ向きになりしゃがんだ。そして男はその大きな顎を振って、少女に自分の背中に乗れというしぐさをした。

すると少女は、この見知らぬ異種族の男を恐れることもなく男の背中に自分の身を預けた。少女を背中に背負った男は、ゆっくりと立ち上がって、少女にどちらのほうに向かうかを尋ねる仕草をすると、少女は腕を男の顔の前に伸ばして自分の邑がある方向を示したのだった。

男と少女は、四万年前のイベリア半島の南西部の草原を吹き抜ける春風を感じながら進んだ。少女は男の広い背中に背負われながら心地良さを感じていた。そして少女の邑が近づくと男は少女を背中から降ろした。少女の腰は回復していてしっかりと立つことができた。男は、二度三度少女を振り返ると、辿って来た道を走って戻って行った。少女は、薬草を片手に握りながらその姿をしばらくの間追っていた。

この時代のヨーロッパ地域において、ネアンデルタール人は我々ホモ・サピエンス（現生人類）を遠くから来た「いとこ」として迎え入れた。彼らは我々現生人類を見たとき、最初の見かけほどには違いがないことに気づいたであろう。彼らはあるときは現生人類と物語を伝え合い、婚姻により絆を深めたのだ。

現生人類とネアンデルタール人は、レバント（地中海東部沿岸）地方で出会い、交配したと考えられている。その結果、アフリカ人だけを祖先とする人々を除き、現生人類は、多かれ少なかれ、ネアンデルタール人のＤＮＡを受け継ぐことになった。

ネアンデルタール人は、我々現生人類とは別の人類で、四万年前に絶滅するまで、何十万年間もヨーロッパで暮らしていたと考えられている。ネアンデルタール人は、アフリカからやって来た現生人類に速やかに皆殺しにされたという説があるが、現在ではこの説には疑いが投げかけられる新たな化石が見つかっている。

フランス南部の洞窟で、子供の歯一本と石器が発見された。ホモ・サピエンスが約五万四〇〇〇年前に西ヨーロッパにいたことを窺わせるものだ。これは、これまで考えられてきたより数千年前となり、二つの人類が長期間、共存していた可能性を示している。

したがって現生人類とネアンデルタール人の生存をまとめると、ヨーロッパでは四十万年前にネアンデルタール人が出現し、五万四〇〇〇年前には現生人類と共存していたことになる。そして、四万年前にネアンデルタール人が絶滅し、現生人類が生き残ったのである。

約五万四〇〇〇年前に現生人類は、東はブルガリアから、西はスペイン、イタリアまで、いくつかのルートでヨーロッパに入り込んだ。ネアンデルタール人は、約四十万年前からヨーロッパで暮らしており、当初は新参者である我々現生人類よりも優勢であったと思われる。

しかし時代が進むとともにネアンデルタール人は急激に減少し、四万年前までには、この氷河時代の覇者は、ほぼ絶滅してしまった。

その理由はいろいろと議論されてきた。彼らは現生人類と争ったのかもしれない。繁殖速度がわずかに速く、本拠地から遠く離れた場所でも生息可能だった現生人類を前にして、さしたる争いもなく消え去ったかもしれない。

ネアンデルタール人が絶滅した後、我々現生人類は、最終的にスペイン南部から北極圏のロシアまであふれ返っていた。

遠く離れた最後の砦に隠れていた、残りのネアンデルタール人は、同種のみで繁殖するには、あまりにも数が少なくなり、散り散りの状態だった。ネアンデルタール人の人口はもともと少なかった。小さくなるにつれ、近親交配や事故による影響が大きくなったとも考えられる。

どんな人間社会にも、小さすぎて存続できなくなる時期がやってくる。人がいなくなることほど、集団を確実に絶滅へと導くものはない。結局のところ、侵略者と交配するほうが簡単だったのだ。ルーマニアの洞窟から出土した四万年前の人間の顎の骨のＤＮＡから、その持ち主の曾祖父がネアンデルタール人だったと判明している。

イベリア族

少女の邑は古代イベリア族の集落であった。イベリア族とは、西ヨーロッパのイベリア半島で暮らす人々すべてを指すものであるが、イベリア人はレバント地方のさらに東からやってきたとされるが、その起源はアフリカ大陸にさかのぼることができる。

我々現生人類の祖先であるホモ・サピエンスは、十万年ほど前にアフリカで誕生して世界中に広がっていったが、その経緯を大雑把に言うと、約六万年前に西アジアに移動したホモ・サピエンスは、その後時を空けずにヨーロッパに到達したと考えられている。イベリア族はそのホモ・サピエンスを祖先としていた。

西ヨーロッパや、世界各地で確認されている巨石文明は、そのイベリア人を先祖としていると考えられている。イベリア人は、アイルランド島、グレートブリテン島、フランスに紀元前一〇〇〇年にいたケルト人と類似しているとみなされているためである（ただし巨石文化の担い手はケルト人ではなく、それ以前に定住していた農耕民であると考えられている）。

少女は、邑を外れてヨーロッパライオンに襲われたこと、そして見知らぬ異種族の男に助けられたことは、邑の同胞には告げなかった。それは、少女の一族と異種族の男は出逢ってはいけないという掟の様なものがあったからである。

少女は、その後も度々祖母の薬草を取りに行く目的で邑を出た。そして、少女が草原に出てくると必ず男が少女を守った。男が何を考えて少女を待ち受けていたかは、知る由もなかった。少女と男の交流はその後も数年続き、少女は大人になっていた。

西ヨーロッパでは、イベリア半島、フランスのブルターニュ、ブリテン諸島などに、有名な巨石文化が残されている。イギリスのストーン・ヘンジはその中でも最も有名な遺跡の一つである。これらの遺跡を残したのは、イベリア族とかイベロ族と呼ばれている。このアフリカ起源の人々は、イベリア半島を第二次の起点としたので、イベリア族とかイベロ族と呼ばれた。

そして、イギリスの歴史学者のＡ・Ｌ・モートン（一九〇三〜一九八七）は、彼らについて次のように書いている。

「コーンワル、アイアランドおよびウェールズとスコットランドの海岸にそって、紀元前三千年から二千年のあいだにブリテンに移住したイベリア人ないし巨石文化人の残した遺跡が群がっている。……………かれらは、短身、暗色の皮膚、長頭の人種で、…………かれらの遺跡の大きさとみごとさとは、かれらが多数のよく組織された人びとであったことを物語っている。なん千人もの人びとが、大きな土塁を盛りあげるのに共同で労働をおこなったにちがいない。そして、輸送路が、整然たるやり方で定住地と定住地とを結んでいるのである。したがって、ノーフォークとウィルトシャーを結ぶ古代の道であるイクニールド・ウェイは、ノーフォークのブレクランドにある大規模な火打石採集場であったグライムズ・グレイブズという産業の中心地とイングランド南西部ウィルトシャーのエーヴベリーの宗教的中心地（ストーン・ヘンジ）とをつないでいたのである。丘原地帯の段々は、鍬や鋤で集約的な農業がおこなわれたことを示している。……イベリア人の社会構造のより直接的な証拠は長い塚である。しばしば長さ2百フィート（約60メートル）をこえるこれらの塚は、埋葬地であって、明確な階級区分が存在したことを示している」

イベリア族の巨石文明は、紀元前八五〇〇年頃の新石器時代の初期段階にあったと推測されている。この時代に、輸送路、火打石鉱山、宗教的中心地（ストーン・ヘンジ）、段々畑の集約農耕がみられ、しかも、その起源はアフリカに求められている。

先ほどのモートンは、イベリア族の起源をサハラ農業文化地帯の出身者であろうと推測している。

モノリス

大人になった少女は、既に祖母が亡くなってしまったため、薬草を取りに行く必要はなくなっていた。しかし、薬草採取という目的がなくなった以後も彼女は、邑の同胞の目を盗んでは頻繁に、異種族の男に逢うために邑を出ていた。

その日男は、彼女に多くの薬草が自生する場所を見つけたので案内することを告げた。と言っても、女と男は言語による会話は行っていなかった。彼女と男のコミュニケーションは主に顔の表情と身振り手振りによるものであった。彼女にとって薬草は既に必要のないものであったが、彼女は、男の誘いを受け入れることにした。

男が彼女を案内した場所は、過去にネアンデルタール人の住処として使われていた洞窟であった。男は洞窟の入り口にあらかじめ用意していた松明に火をつけて明かりにすると、彼女を連れて洞窟の奥に入って行った。

しばらくの間、二人が洞窟の奥に進んで行くと、上から光が差し込む広い空間が現れた。そしてその広間には、男の言う通り、珍しい薬草が沢山自生していた。彼女は珍しい薬草が大量に自生していることに驚き、自分にとって既に必要はなくなってはいたが、邑の同胞に必要だと考え、採取することにした。

すると洞窟の奥から不思議な音が響いて来た。その音は、二人が知るどのような動物の発する音でもなく、また自然が織りなすいかなる音とも違っていた。しかし、どこか惹きつけるようなその音は、まるで二人を誘うかのように洞窟の奥から響いていた。

二人は松明を取り洞窟の奥へ進んだ。しばらく進むと洞窟の奥の暗闇に一段と暗い箇所があり、不思議な音はどうやらその辺りから発せられているようだった。男が松明の明かりをその方向に向けると、そこには全ての光を吸い込んでしまうような直黒の立方体が宙に浮いていた。その大きさは、縦横厚みが六センチメートル程の正六面体であった。しかし、よく見ると、その立方体は、厚み二センチメートルのものが三枚重なっているのがわかった。

その立方体の材質は、石でも金属でもなく、支えるものがないのに宙に浮いて静止していた。二人が生きていた時代は、中期旧石器時代（約三十万年前～三万年前）の後期であったが、もちろんそのような石器を、ホモ・サピエンスもネアンデルタール人も創れるはずがないものであった。

ただ、その奇妙な音を発する立方体に対して、二人は興味を持つことはあっても、恐れや嫌悪感は抱かなかった。二人はしばらくの間、宙に浮いているその立方体を見回しながら、見たこともないものに対する好奇心を掻立てていった。

そして遂に男が勇気を出してその立方体に触れてみた。最初は瞬間的なタッチであったが、二度目三度目と触れる時間を長くしていった。女は、男が触るのを見ていて、自分も恐る恐る触るようになった。そして二人はその立方体の別々の面に各々の手を当てると、しばらくの間目を閉じてじっとして動かなかった。

どのくらい時間が経ったであろうか。先ずは男がゆっくりと目を開けると、女も続いて目を開けた。男は何かに納得したように頷くと、宙に浮いている立方体を両手で掴み地面に降ろした。すると、それまで響いていた不思議な音が止んだ。

「僕は、君に巡り逢えたことをとても感謝しているよ」

男は口を開くと、言葉を使って女に自分の気持ちを伝えた。

「私も、あなたに巡り逢えたことをとても感謝しているわ」

女も口を開くと、男と同じように言葉を使って応え、自分の気持ちを伝え返した。

「僕はアダム、君はエヴァだね?」

男が尋ねると女は応えた。

「そう、私はエヴァよ、アダム」

二人の口から言葉が発せられ、お互いの名前まで認め合った。そしてそのときから二人は夫婦となった。そして二人はその洞窟を住処として、お互いの邑には戻らなかった。また二人は、不思議な黒い三枚の板からなる立方体を一枚ずつに分けると、ヘラジカの皮で作った袋に大事にしまい込んだ。

二人はこの不思議な力を持つ板を「モノリス」と呼ぶようになった。そしてこの日から二人の新しい生活が始まったのである。

我々ヒトにとって言葉は非常に重要なコミュニケーションツールであり、情報を個体間や集団間で言葉にして伝え合うことで、技術や文化を大きく発展させることができたといえる。考古学者らの間では、「現生人類に近いネアンデルタール人も言葉を話せたのか？」という点が、十九世紀からしばしば議論の的となっていた。

ヒトを含むいくつかの脊椎動物には喉にじん帯や筋肉で構成されている声帯が存在し、ヒトも声帯を使って発声している。ヒトが声を出すために口を開くと肺から喉へと空気が送り出され、声帯へ空気が到達する。声帯が振動すると空気も一定の周波数で振動し、振動する空気が一気に広い空間である口へ出ると音声となるのである。

多くの類人猿も声の通り道である声道中に声帯を持っているが、類人猿には声道の開口部に喉頭嚢(Sacci laryngis) という器官が存在する。喉頭嚢とは気管支が大きく拡張した器官であり、鳴き声をより大きくしたり首の筋肉を支えたりする目的が考えられているが、明確な役割はまだ解明されていない。

ただ、この喉頭嚢が存在するせいで、多くの類人猿はヒトが話す言葉のように単一の明瞭な周波数を持つ声を発することができないのである。果たしてネアンデルタール人が喉頭嚢を持っていたのかどうかについては、軟組織が現代まで残っていないため判明していない。

しかし、声道に関連する舌骨というU字型の骨に着目すると、舌骨とは人体の他の骨とつながっていないが、喉のじん帯や筋肉を固定したり舌根を支持したりする役割を持っており、食べ物を飲み込んだり話したりする際に重要な骨である。

舌骨は非常に小さくてもろいため、あまり後世まで化石として残ることはないが、イスラエルのカルメル山の西麓にある洞窟遺跡であるケバラ洞窟で、幸いにもネアンデルタール人の化石から、一つの完璧な舌骨が残っているものが発見された。

そして、ＵＣＬ（University College London）生物科学部准教授のサンドラ・マーテリ博士（Dr. Sandra Martelli）は、コンピュータモデルを使ってネアンデルタール人の声道を復元しようと試みている。

マーテリ博士は、舌骨を含むヒトの頭部ＣＴスキャンを行い、これをネアンデルタール人の頭蓋骨にマッピングして、個体の舌骨がどこに位置するのかを調査した。その結果、ネアンデルタール人の舌骨は現代のヒトよりもほんの少し前方に舌骨が位置する可能性が高いことが判明し、他の類人猿のように喉頭嚢を持っていないことを発見した。

一方でマーテリ博士は、「ネアンデルタール人の喉はヒトよりもはるかに大きい」と述べており、音が反響する空間が広いネアンデルタール人は、現代のヒトほど明瞭に母音を発音することはできなかったと考えている。

マーテリ博士の研究から考えられることは、ネアンデルタール人もヒトと同様に言葉を発することができた可能性があるが、その言葉は現代のヒトにとっては馴染みのないものではないかということである。

2　創世記第四章

襲撃

「人はその妻エヴァを知った。彼女はみごもり、カインを産んで言った、『わたしは主によって、一人の人を得た』。彼女はまた、その弟アベルを産んだ。アベルは羊を飼う者となり、カインは土を耕す者となった」

夫婦となった二人は、アダムが遠出し狩りで獲物を獲り、エヴァは住処の近くで野菜や果実、木の実を採取するという生活を送った。そしてアダムとエヴァは、二人の男の子を授かった。兄がカイン、弟がアベルと名付けられた。アダムは夫婦が言葉と名前を授かったモノリスを三枚の板に分けて袋に入れ、一つをエヴァに、もう二つを子供たちに与えた。

カインはおとなしい性格で、狩りには興味を示さなかった。そしてエヴァが行う野菜や果実を育てることの手伝いや、森に木の実採取のお供をすることを好んだ。カインがモノリスを入れた袋を首にかけると、季節毎に何の果実が実るかの詳細な知恵を示した。そのため、エヴァはあらためてモノリスの力に驚いた。

アベルは活発な性格で、小さい頃から父の狩りについて行きたがった。そしてアベルは、小さい頃よりアダムから一通りの狩のやり方を教わり、道具となる槍や弓矢の石鏃の磨き方も上手にこなした。またアベルもモノリスが入った袋を首にかけたとき、正確に獲物のいる場所を言い当てるなどして、アダムを驚かせた。

また兄弟は、それ以外にもそれぞれ秀でた特性を示した。カインは大地の形や森の木々の声を聞くことができ、アベルは動物の声を聞くことができた。またこれもモノリスの力であろうか。モノリスを持つエヴァと二人の子供たちは、ほとんど年を取ることがなくなった。そのためアダムが年老いていってもエヴァは若々しいままで、子供たちも少年からほとんど変わらない姿であった。

ネアンデルタール人は我々現生人類と比較して、頭の良さというより、脳の活動が多かった。ヒトに最も近縁な種で約四万年前に絶滅したとされるネアンデルタール人や、同じ現生人類でも一万年前のほうが、現代人より脳容量は大きかったとされている。

彼らは私たちとは違う何かを考える力を持ち、想像もつかない能力とか、現代人の物差しでは測れないものを持っていたのではないか。脳の形から、見たものを処理する視覚野の部分が大きいので、視覚に関係する能力はネアンデルタール人が勝っていたと考えられる。

ホモ・サピエンスとネアンデルタール人の共通の祖先であるホモ・エレクトゥスの集団の一部がアフリカを旅立ち、その一部がヨーロッパに移住、そこからネアンデルタール人は進化した。一方アフリカに住み続けた集団からはヒトが進化した。二種はヨーロッパとアフリカで別々に暮らし、五万四〇〇〇年前にヒトがヨーロッパに進出してネアンデルタール人と再会する。その後ヒトがヨーロッパへ大量進出してからは、一万四〇〇〇年くらい両者は共存した。互いの接触はなるべく避けたと思われるが、少数ではあるけど両者は交配もしたと考えられている。

ネアンデルタール人絶滅の主な原因は、ヨーロッパの寒冷な環境と現生人類の進出であったと考えられている。現生人類は骨で針を作り、寒さを凌ぐための毛皮服を作って防寒することや、動物の肉だけでなく、野菜や果実、木の実など何でも食べ、ネアンデルタール人に比べると華奢な体躯で広範囲を動き回る。投槍器を使い狩猟技術も高かった。

一方、ずんぐりした骨太の筋肉質の体躯のネアンデルタール人は、基礎代謝量だけで現生人類の1・2倍、動き回るには1・5倍のエネルギーを要した。力は強いが燃費が悪いので、移動範囲は狭まり獲物も少ない。現生人類がネアンデルタール人の縄張りに入り込んできて、獲物を横取りしていったとも考えられている。

アダムは日に日に老いてゆき、アベルがアダムに代わり狩りに出るようになった。エヴァは、アダムにもモノリスの力を与えようとして持たせたが、不思議とアダムには効き目が現れなかった。エヴァはアダムのために滋養のある野菜や果実を求めて、毎日のように草原や森を探索した。そのためカインは、エヴァが造った菜園を母の代わりに管理するようになっていた。

その日もエヴァは、アダムのために森で滋養のある野菜を探していた。するとエヴァを見つめる目があった。それはかつてアダムがいたネアンデルタール人の群れの若い族長であった。その男はアダムの息子の世代で、群れにいた頃のアダムのことは知らなかった。

この時代のネアンデルタール人は、ホモ・サピエンスの縄張り進出のため、狩りの獲物が減り人口が減少しつつあった。この男の群れでも、女の数が減ったために、子供の数も減り、群れの存続が危うくなっていた。そのため族長となった男は、異種族であるホモ・サピエンスの女を攫うことで、種族の存続を図ろうとしていたのだった。

その日、森で野菜を採取したエヴァは、アダムの待つ住処に帰った。このときアダムたちの住処は、洞窟を出て湿気の少ない風通しの良い台地の上に日干しレンガの壁と茅葺屋根で造られた家であった。そしてこの家を建築したのはカインであった。カインは家の建築のみならず、水路が完備された菜園も造営していた。カインは菜園の管理に忙しく、アベルは遠方まで狩りに出ていたため、家には年老いたアダムとエヴァの二人だけであった。

族長は、一族の男数人を引き連れてアダムの家を数日前から見張っていた。男たちの見立てでは、カインとアベルがいると襲撃に大きな抵抗が予想された。特にアベルは見たこともない武器を操ることを知ったため、二人の兄弟が留守の時を辛抱強く待っていたのだった。

エヴァは森で取ってきた野菜を、カインが造った囲炉裏にかけた土鍋で煮て、アダムの食事を作っていた。すると突然、数人のネアンデルタール人の男たちが家に押し入って来た。それは、二人の兄弟が留守であることを確かめていた族長と数人の手下であった。族長は手下にエヴァを攫うことを指示した。突然の見知らぬ異種族の男たちの襲撃に驚いたエヴァは、火にかけていた土鍋の中身を、襲い掛かってきた男たちに向かって浴びせかけた。

「ギャウー！」

熱く煮えたぎった鍋の中身を浴びせられた男たちは、悲鳴をあげてのけぞった。火を使用した明確な証拠は、旧人のネアンデルタール人の時代からだ。そのため、煮え湯の恐ろしさを男たちは知っていた。

人類の火の使用をはっきり伝えるもっとも古い遺跡は、七十五万年前のイスラエルのゲシャー・ベノット・ヤーコブ遺跡で、ホモ・エレクトスの時代である。焼けた種（オリーブ、大麦、ブドウ）、木、火打ち石が発見されている。火打ち石はいくつかの場所に集められており、焚き火をしていたと推定される。手斧や骨（体長一メートルほどのコイなど）も見つかっているので、焚き火を囲んで木の実や魚などを焼いて食べていたと考えられている。

男たちが怯むと、エヴァはアダムが寝ている寝所に走った。すると寝ていたはずのアダムが棍棒を持って立っていた。エヴァはアダムに走り寄り、心配そうにアダムに寄り添った。アダムは鋭い眼光で立っていた。

それはまるでエヴァが少女のときにヨーロッパライオンを撃退したときのアダムの勇敢な姿であっ

た。

そこへ族長と顔を火傷した手下数名がやって来た。男たちも手に棍棒を持っていた。アダムは、エヴァを自分の後ろに隠すと手に持った棍棒を振り上げて「ウォー！」と雄叫びをあげると、襲撃者に向かって行った。

先ずは、アダムの渾身の一撃が族長の棍棒を跳ね飛ばした。そして返り戻したアダムの棍棒は族長の脇腹を挫いた。すると族長は「ウッ」という唸りをあげて床に倒れ込んだ。

族長を倒したアダムは、手下たちを睨み付けた。するとアダムの雄姿に気勢をそがれた手下たちは、皆怯えるように家から逃げ出ていった。襲撃者を撃退したアダムは、部屋の隅でアダムを心配そうに見守っていたエヴァに笑顔を見せて振り返った。

そしてアダムがエヴァの元へ歩み寄ろうとしたそのとき、アダムの顔色が俄かに青ざめ、アダムは胸を押さえて苦しそうに跪いてしまった。

苦しそうにしゃがみ込んでしまったアダムを心配して、エヴァはアダムに駆け寄りアダムを抱かかえた。エヴァは首からかけたモノリスの力にすがるように、その袋を握りしめてアダムの無事を祈ったのだった。

「エヴァ、お前と出逢えて暮らした日々を私は感謝しているよ。カインとアベルという素晴らしい息子も授かった。そして、私たちが結ばれた洞窟で見つけたあの不思議な力を持つ板、このモノリスの力でお前たちは永遠の命を授かったのだ。だが、残念ながら私は選ばれなかった。でも私はとても満足しているのだよ」

アダムはエヴァに抱きかかえられながら、最後の力を振り絞るようにして言葉を綴った。

「何を言うの？　アダム、あなたはこれからも私たちとずっと一緒に生きていくのよ！」

エヴァは、涙で声にならない言葉を絞り出した。

「エヴァ、約束してほしい。例えこれから先、何があっても永遠の命を授かったお前は、自分で自分の命を絶つことを決してしないと」

エヴァは、なぜアダムがこのようなことを言うのか理解できなかった。

「いいかいエヴァ、良くお聞き。お前はしばらくの間、息子たちと離れ離れに暮らすことになるかもしれない。しかし、カインとアベルは必ずお前を迎えに来てくれる。それまで何があっても我慢して待つのだよ。約束してほしい」

アダムは最後の力を振り絞るように手をエヴァの方に差し出した。エヴァはアダムから差し出された手をしっかりと握り、何度も頷きながら涙を流した。

「アダム、約束するわ！　私は決して自分から命を絶たないと。だから、あなたも死なないで！　お願いよ！」

エヴァはアダムに抱きつき嗚咽して泣いた。しかし、そこへ先ほどアダムに打ちのめされた族長が再び起き上がり、棍棒を持って二人の背後から襲い掛かろうとしていた。族長が振り下ろした棍棒は瀕死のアダムの背後を打ち砕いた。年老いて身体が弱っていたアダムはこの一撃で床に倒れ込んでしまった。そしてアダムは起き上がることはなかった。

男は、アダムを心配して泣き叫ぶエヴァを強引にアダムから引き離して、抱きかかえるようにしてアダムの家を出て来た。そして外で待つ手下たちとともにエヴァを攫って立ち去って行った。

アダムには、男たちが家に押し入って来た目的がわかっていたのだった。そして、エヴァが連れ去られることも予想できた。アダムは、ネアンデルタール人が絶滅に瀕する自分たちの種族を守るために、ホモ・サピエンスの女を攫って種を残そうとするだろうことを知っていた。

そしてアダムには、エヴァがそのようなことになると、自分で命を絶つだろうとも予想できた。だからアダムは、最後の力を振り絞るようにエヴァに生きることを約束させたのだった。


カインとアベルはそれぞれの場所で胸騒ぎを覚えていた。そのため二人は、どうしようもない不安を抱えながら家路を急いだ。先に到着したのはカインであった。父の寝所に入ったカインは、床に倒れている父のもとへ駆け寄り、うつ伏せになって倒れているアダムを抱き起した。

「父さん！　いったい何があったのですか？　父さん、しっかりしてください！」

カインは自分の胸騒ぎが的中したことを残念に思いながら、父の介抱をしようとした。

「カイン……。母さんを……、母さんを助けに行くのだ……」

アダムはほとんど意識がなかったが、息子にエヴァを救い出すことを、最後の執念で伝えることができた。

「いったい誰が母さんを？　父さん、しっかりしてください！父さん！」

カインの声は、既にアダムには届かなかった。アダムは息子の腕の中で息を引き取った。

「俺たちがいない間に、いったい何が起きたというのだ？」

カインは父を寝台の上に寝かせると、乱闘があった家の中の様子を探り出した。家の中には、襲撃者が残していった棍棒があった。カインはその棍棒の様子から、家に押し入って来たのはネアンデルタール人だとわかった。そして、母はその者たちによって連れ去られたことも想像できた。しかし、カインはネアンデルタール人が一体どこに母を連れ去って行ったかを想像することはできなかった。

そのため、カインはアベルの帰りを待つことにした。

アベルは遠方の狩りに出ていたため、帰還が三日ほど遅れた。家に戻ったアベルは、兄から事件の概要を聞いて落胆した。アベルもまた、自分の胸騒ぎが的中したことを悲しんだ。そして二人は、亡骸となった父の遺体を丁重に埋葬したのだった。

「アベル、お前の狩りの能力で、母さんを連れ去って行ったネアンデルタール人を追えないだろうか？　できるだけ早くここを出発して、母さんを連れ戻しに行こう」

カインの言葉にアベルも納得して、家の周囲でネアンデルタール人が母を狙っていた痕跡を探った。

「兄さん、母さんを連れ去ったネアンデルタール人は、おそらくは南にいる種族だと思う。彼らは徐々に数が減り、今この土地には群れを成すものはほとんどない。ネアンデルタール人が最後の砦としているのは、南の地だ。そこからは海の向こうに大きな島が見える所だよ」

ジブラルタル海峡に面したイベリア半島側からアフリカを眺めると、巨大な島に見えることがある。ジブラルタル海峡の幅は、現在、最も狭いところで十四キロメートル、西端のトラファルガー岬からスパルテル岬の間が最も広く四十五キロメートルとなっている。四万年前のジブラルタル海峡は、氷河期の真っただ中では海面は現在よりも低かったため、もう少し狭かったと考えられる。

アベルの言葉にカインは頷き、旅支度を整えだした。そして二人は家を出て母を連れ去ったネアンデルタール人の種族を追った。しかし、母を連れ去った者たちの足取りはなかなか掴むことができなかった。なぜなら、エヴァを攫ったネアンデルタール族は、イベリア半島最南端のタリファ岬から海を渡ってアフリカ大陸に至っていたのだった。

北アフリカ西部のジブラルタル海峡に面する地域は、有史以来ベルベル人の居住地であるが、ベルベル人の先祖は、約一万四〇〇〇年前のタドラルト・アカクスや約一万年から四〇〇〇年前のタッシリ・ナジェールに代表されるカプサ文化と呼ばれる石器文化を築いた人々と考えられている。

ベルベル人はその後、チュニジア周辺から北アフリカ全域に広がったとみられている。したがってネアンデルタール族が住処を求めたこの地においても、ホモ・サピエンスは定住していたと考えられる。またタドラルト・アカクスでは、岩絵遺跡群が分布している。

約一万四〇〇〇年前に描かれたとされる岩絵は、この地域の文化的・自然的変化を反映している。岩絵には、ゾウ、キリン、ラクダなどや馬に乗った人が描かれ、タッシリ・ナジェールの岩絵と同じく、かつてこの地が緑の大地であったことを教えてくれる。また岩絵には、音楽や舞踊といった日常の様々な生活風景も描かれている。

エヴァを攫った族長は、カインとアベルの能力を恐れており、イベリア半島に留まれば、いずれはエヴァを取り返しに二人がやって来ることを見越していた。そのため、危険を承知で海に筏で漕ぎだしたのであった。

カインとアベルの追跡は、海峡を渡り北アフリカのホモ・サピエンス、すなわち、ベルベル人の祖先と出逢うことで探索の範囲を絞り込んでいった。しかしそれでも八年の歳月を費やすことになるのであった。

3　海峡を越えて

アトラスとルルワ

エヴァは、ネアンデルタール族に連れられて、タリファ岬からジブラルタル海峡の海に筏で漕ぎ出していた。

「海を渡るなんて……。カインとアベルは大丈夫かしら……」

波に揺られながらエヴァは二人の息子のことを心配した。エヴァは、首から下げたモノリスが入った袋を握りしめながら、何度も岬のほうを振り返っていたのだった。

また、ネアンデルタール族の集団には女が少なく、母親を亡くした子供たちの世話をするのもエヴァの役目であった。子供たちは皆、エヴァに懐いていた。そして自分にすがってくるネアンデルタール族の子供たちをエヴァは愛おしいと思った。

エヴァたちを乗せた筏は無事に対岸にたどり着くことができた。それから一族はアフリカ大陸の西岸を南下して、現在のモロッコのアガンティィール付近の洞窟群に住処を定めた。エヴァはこの地でネアンデルタール族の族長との間に二人の子供を儲けた。

エヴァはアダム以外の男に決して心を許したことはなかった。しかし、アダムとの約束を守るため、どんなに辛い状況にも耐えて自害はしなかった。それはいつか必ずカインとアベルが自分を迎えに来てくれることを信じていたからである。

エヴァがアフリカで儲けた子は、最初が男の子で、エヴァはその子の名前をアトラスと名付けた。次が女の子で、その子の名前をルルワと名付けた。ネアンデルタール人の族長は二人の父親であるが、アダムのように言葉を話すことはできなかった。

ただ、最初の男の子が産まれたときは一族をあげて祝った。一族の子供たちもエヴァを慕っていたが、誰もエヴァが話す言葉を使う者は現れなかった。しかし、二人の兄妹は成長するにつれて、言葉を使うようになっていった。そのため、兄妹は一族の中でも特別な存在になった。

しかし、アトラスは言葉が喋れない同胞を蔑む様な目で見るようになっていた。また、エヴァが妹を可愛がると、冷ややかな目で妹を見ていた。エヴァは自分が産んだ子ではあったが、アトラスの心の内を見ることができなかった。そしてアトラスが時折見せる乳飲み子のルルワに対する殺気を感じたとき、エヴァは恐ろしささえ感じていた。

エヴァが攫われて八年の歳月が流れた。アトラスは七歳、ルルワは五歳になっていた。

ある日のこと、アトラスはとうとう問題を起こしてしまった。群れのなかの幼子を崖から突き落として殺してしまったのであった。その幼子は特にエヴァが可愛がっていた子で、アトラスは、その子が邪魔だったと言い訳をした。群れの大人たちもアトラスを特別な子と思っているので、誰もアトラスを咎めなかった。

ある日、エヴァがモノリスを握りしめながらアトラスのことで心を痛めているとき、耳元でモノリスの声が聞こえたような気がした。それはこのままアトラスが成長すれば、この群れだけではなく、何かとんでもないことをしでかすような不安を感じさせるようなものであった。

そしてエヴァは、モノリスの声には忠実であった。そのためエヴァは遂にあることを決心した。あることとは、アトラスを群れから追い出すことであった。自分が産んだ子ではあったが、群れの幼子を殺して、次は自分の妹を手にかけるかも知れないとエヴァは恐れた。

エヴァは、眠り薬になる薬草を擦ってアトラスの食事に混ぜて食べさせた。そしてアトラスが寝入ったところで、アトラスを近くの海岸に運んで、小さな舟に乗せて海に流した。エヴァは、流石に我が子を手にかけることはできなかった。海に流せばどこかの島に辿り着き、そこで誰かに拾われて生きることもできると考えたのである。沖に流されて行く舟を見ながらエヴァは涙を流した。

それからエヴァが群れに戻ると、群れの者たちが集まって騒いでいた。騒ぎの原因は、息子がいなくなったことで族長が何かを訴えているようであった。そして戻ったエヴァを族長が見つけると、息子をどうしたのかという剣幕で、唸り声をあげながら怒ってエヴァに詰め寄って来た。エヴァと族長との間では、会話というものは行われなかったが、エヴァは、アトラスが群れの子供を殺したので、罰を与えて追放したということを族長に身振りで伝えた。

エヴァの説明を受けた族長は、怒りを更に表に出してその説明には納得ができないという態度を示した。そして族長は棍棒を持つと、エヴァに向かって振り上げて威嚇した。これまでエヴァに向かって一度も乱暴な態度をとることはなかった族長であったが、息子を自分に黙って追放したエヴァを許すことができなかったのだ。

エヴァに向かって今にも棍棒を振り下ろす仕草をする族長であったが、これを見ていた群れの子供たちがエヴァのところに駆け寄って来て、族長の前に立ちはだかった。その中にはルルワもいた。そして子供たちは、族長に向かって何かを訴えているようだった。

この事態に少し戸惑いを見せた族長であったが、一番前に構える男の子を手で払いのけると「ウォー！」という叫び声をあげた。この声に恐れをなした子供たちは、一斉に泣き出してしまった。

すると、矢が空気を切り裂く音を立てながら二本三本と飛び来て、矢が族長の足元の地面に突き刺さった。弓矢はホモ・サピエンスの得意とする武器である。族長をはじめとしたネアンデルタール人たちは、弓矢が飛んできた方向を指さしながらパニック状態に陥った。

エヴァは自分の前に集まっていた子供たちを抱かかえて地面に伏せるようにさせた。そして胸に下げたモノリスを入れた袋を握りしめた。

「あの子たちが来てくれたのだ！」

エヴァは長い間、待ちに待ったこの時に心を弾ませた。男のネアンデルタール人たちは矢か飛んできた方向に二人の人影が見えてくると、口々に叫び声を発して騒いでいた。すると、近づく二人の影の一人が、長い槍を集団めがけて投げかけてきた。

すると今度は、先ほどの弓矢よりももっと大きな音で空気が引き裂かれ、ドスン！　という大きな音で槍が族長の前に突き刺さった。この槍の一撃で大人のネアンデルタール人たちは散り散りに逃げ出してしまった。そして族長は腰をぬかすように地面にへたり込んでしまった。

二人の男はゆっくりとした足取りでエヴァの方へ歩み寄って行くと、立ち上がったエヴァが二人に向かって走り寄って行った。そして三人は抱き合った。

「母さん、遅くなってごめんなさい」

カインがエヴァに謝りながら大粒の涙を流した。エヴァは優しくカインの涙を指で拭っていた。

「母さん、やっと逢えた。長い間苦労をかけさせてごめんなさい」

アベルもエヴァに謝りながら大粒の涙を流した。エヴァはカインにしたのと同じようにアベルの頬を流れ落ちる涙を指で拭ってやった。そして抱き合う三人をルルワや子供たちが不思議そうな顔をして見ていた。族長は腰を抜かして動くことができなかった。

「母さん、この子は？」

カインはルルワを抱き上げながらエヴァに尋ねた。ルルワはカインに抱きかかえられると嬉しそうケラケラと笑っていた。

「ルルワはあなたたちの妹よ。この男が父親。そしてこの男はあなたたちの父親……、私の大事なアダムを殺した者よ……」

エヴァは、これまでの辛いことが一度にこみ上げてくるようで、言葉を詰まらせながらそう応えた。

「お前が父さんを……。ここでその首を撥ねることはたやすいが、ルルワの父親だということで、今は見逃してやる！　さっさとどこかに消えうせてしまえ！」

アベルは槍の穂先を族長に向けると、大きな声でそう言い放った。族長はアベルの言葉を理解したのか、足を引きずるようにしながらその場から逃げて行ってしまった。

エヴァは、カインとアベル、二人の妹のルルワ、そしてエヴァを慕うネアンデルタール族の子供たちを連れて、イベリア半島南西部のタルシシュにある家に戻ることにした。エヴァが付けていたモノリスを入れた袋は、ルルワが首から下げていた。カインとアベルはこの幼い妹を心の底から愛おしいと思った。

またエヴァは、帰りの旅の道すがら、アダムが最後に残した言葉やネアンデルタール族に攫われた八年の歳月、そしてアトラスという男の子を海に流したことを少しずつ話した。母の話を聞いていた兄弟は、母が遭遇した信じられないほどの苦労に胸を痛めて涙を流した。そして父が最後に母に残した約束を聞いて、あらためて父に感謝をしたのであった。

もう一つのモノリス

アガンティールの海岸から海に流されたアトラスは、現在のカナリア諸島の一つであるテネリフェ島に流れ着いていた。海岸に打ち上げられた小舟に近づいて来たのは、つがいの狼であった。この狼は現在の西アフリカに生息するアフリカンゴールデンウルフの祖先である。

狼は二匹が協力してアトラスの腕を銜《くわ》えると、舟から引きずり下した。アトラスの腕には狼に甘噛みされた跡が残り、そこから血が滲んでいた。そして狼は二匹でアトラスを浜辺近くの洞窟に引きずって行った。

この洞窟は、狼の巣穴で、中には吸血蝙蝠の一種のデスモドゥス・ロタンドゥスも同居していた。デスモドゥス・ロタンドゥスは、狼が連れて来たアトラスの上の天井に止まり、その口から他の動物から吸い上げた血を滴らしていた。

アトラスを連れて来た狼は程なくすると雄の狼が洞窟の奥に行き、何かをくわえて来てアトラスのもとに戻って来た。狼は口にくわえていた黒い石板のようものをアトラスの胸の上に置いた。それは、縦横六センチメートル、厚み二センチメートルのモノリスであった。

そして、アトラスが横たわる上に留まった吸血蝙蝠の口から垂らされた血は、アトラスの唇を濡らし始めた。するとアトラスの口がわずかに開いて、中から出てきた舌がその血を舐め取った。二匹の狼はその様子を見ていた。

しばらくの間、アトラスは吸血蝙蝠から落とされる血を舐めていたが、突然、アトラスの目がカ！と見開き、眼がクルリクルリと動くと、アトラスの身体は何かに引っ張り上げられるように、ガバッ！と起き上がった。アトラスの手にはモノリスが握られていた。

起き上がったアトラスを見た二匹の狼は、ウォー！　と順番に遠吠えを始めた。天井に止まっていたデスモドゥス・ロタンドゥスは、バタバタと羽根を動かして洞窟の外へ飛び去った。外は日が暮れていて、火山島であるテネリフェ島のシンボルであるテイデ山の上には、満月の月が青白い光を放っていた。

カナリア諸島に暮らす現地民にとっては、テイデ山周辺は禁忌の場所と見なされてきた。神話によれば、「グアヨタ（Guayota）」という名前の悪魔がここに住んでいたとされている。

「おのれ……、我が子を捨てるとは……、エヴァ……、許せない……。必ずや戻り、この罪を償わせてやる……」

アトラスの目は血の色に染まり、口からは血が滴り落ちていた。そしてその手にはモノリスがしっかりと握られていたのだった。

ネアンデルタール人が見た夢

ネアンデルタールの族長だった男には、エヴァを失い一族も離散してしまってから十年の歳月が流れていた。男は往年の覇気を失ってしまっていたため、新たな群れをつくることもなく、一人アガンティールの海岸に留まり何することもなくただ海を見ていた。夕暮れになり日もとっぷりと暮れ、夕空には満月が輝いていた。男はその日も、エヴァを攫った頃の充実した生活と、エヴァが海に流した息子のことを思い、夢の中でまどろんでいた。

アトラスは、幼いながら賢く今もし生きておれば立派な群れのリーダーになっていただろう。男は、頭の中で思い描いた夢を見ていた。そして海風に吹かれてうとうとしていると、波間の向こうから一人の男が現れて自分に向かって来るように見えた。男は、夢と現実の区別がつかないまどろみの中で、息子が戻って来たと思い嬉しくて目から涙を流していた。

海からやって来た男は、波間をずんずんと進み来て、まどろむ男に迫りくると、とうとう砂浜に姿を現した。海からやって来た男はがっちりとした体躯であったが、全体の様子はホモ・サピエンスのように思われた。男の胸には首にかけられた袋のようなものが下がっていた。そして砂浜をずんずんと男の方に向かって歩み寄って来た。そしてとうとううずくまってまどろむ男の前に立った。

「生きていたのか？」

海からやって来た男は、うずくまる男にそう声をかけたが、ネアンデルタール人の男には、男の言葉が理解できなかった。

「その様子だと、群れはもうないのか……？　そうとなれば、あの女はヒトのもとに帰ったということだな」

海からやって来た男は、まどろむ男を見ながら首からかけた袋を握りながら何かを考えている様子だった。ネアンデルタール人の男はまだ夢の中にいて、息子が帰って来てくれたと思い込み、息子らしき男に向かって両手を伸ばし、抱擁を求めていた。

「ウ……、ウ……」

ネアンデルタール人の男は、海からやって来た男を息子だと思いその男に縋るように声をかけた。すると息子に見立てられた男は、腰を下ろし跪くと、父親となる男の身体を抱き寄せた。息子らしき男は、自分の顔を父親となる男の顔につけながら親愛の情を表したかに見えた。息子らしき男は、一旦父親から顔を離すと、その口がカッと開かれ、鋭く尖った犬歯を父親の首元に突き刺した。

「ウ……、ウ……」

ネアンデルタール人の男は、ホモ・サピエンスの男に血を吸われながら少しずつ気を失っていった。

そしてネアンデルタール人が息絶えると、男はその首から顔を離した。男の口からは今吸ったばかりの赤い血が滴り落ちていた。

「私は、お前がエヴァに私を産ませたことでこの世にいる。だからお前は私にとってはこの大地といえる。だから私はお前に名前を授けよう。お前の名は、大地から生まれた原住民エウエノルだ！」

アトラスは、地面に横たわるネアンデルタール人の族長だった男にそう言葉を投げかけた。すると男は、ぴくりと痙攣したような動きをして目を開けた。

「エウエノル……」

ネアンデルタール人の男から始めて言葉が発せられた。そして男はその名を繰り返しながら、ゆっくりと立ち上がった。そして空に輝く満月を見つめた。すると突然男の身体中の皮膚が波打ちだすと、みるみるうちに男の身体は人狼に変身していった。

「ウォー……！」

月の光を浴びながら完全に変身を遂げた男は、牙を剥き出し口からは涎がこぼれていた。

「ふ、ふ、ふ、エウエノルよ、今度は私がお前の親になったのだ。お前には言葉と野獣の能力を与えた。いいかエウエノルよ、お前はこれから彼の地に戻り、彼の地にいるお前の同胞全てを人狼とするのだ！　そしてお前はその種族を取り仕切り、私の軍団ケルベロスとして私の復讐の手足となるのだ。そう、お前と私を捨てたあの女に復讐するためにだ！　ハ！　ハ！　ハ！　さあ！　行って、ケルベロスを率いて来い！」

アトラスは、そう言ってエウエノルをけしかけた。するとアトラスの命を受けたエウエノルは、月に向かってもう一度遠吠えし、ものすごい勢いで走り去ってしまった。

ケルベロスとは、地獄における三位一体の象徴とされ、三つの頭はそれぞれ「保存」「再生」「霊化」を象徴し、死後に魂が辿る順序を示すという。

ケルベロス

現在のモロッコのアルカサル・エ・セリル岬に着いたエウエノルには二人の従者がいた。エウエノルはかつてエヴァを攫ったときに同行させた二人のネアンデルタール人を探し出して人狼にし、二人にアンペレスとエウアイモンという名を与えたのだった。

三人はジブラルタル海峡を渡ると、イベリア半島に上陸し、そこで暮らしていたネアンデルタール人を襲うことでさらに二人の男を人狼にした。そしてその二人にムネセウスとアウトクトンという名前を与えた。

エウエノルは、ここで自分を含めた五人の人狼を、ネアンデルタール人から進化したケルベロス族と名付けた。ケルベロスとい名はアトラスからの指示であるが、永遠の命を持つ「保存」、ネアンデルタール人からの進化を意味する「再生」、そして言葉を使うことができる「霊化」を意味することを新たに同胞となった四人に伝えた。

それから五人は、それぞれがヨーロッパの各地に飛び、絶滅が迫るネアンデルタール人を次々と人狼に変身させていった。エウエノルにはアトラスより授かった使命があった。それは、ネアンデルタール人を人狼化したケルベロス軍団の組織をつくることであった。このケルベロス軍団はアトラスがエヴァに復讐するための軍団であった。

一方、アトラスもジブラルタル海峡を渡りイベリア半島のガデイラに至っていた。アトラスはここで一人のホモ・サピエンスの少年と出逢った。それは、全くの偶然の出逢いであった。アトラスがセリル岬に到着しようとしたとき、アトラスが乗る舟から岬の崖の上に一人の少年が海を見ているのが見えた。

アトラスは、その少年がただならない様子であることに気づいていたが、アトラスの予想通り少年は断崖に歩み寄ると、臆することもなく海にめがけて身を投げたのである。

すると、これを見ていたアトラスの姿が舟から消えた。次の瞬間、少年を抱きかかえたアトラスの姿が崖の上にあった。地面に降ろされた少年は、自分の身にいったい何が起きたのか、口を開いたままで、放心していた。

「お前はなぜ死なねばならぬのか？」

アトラスは声を発することなく、少年の頭に直接言葉を送った。

「あなたは海の神ですか？　私が海に身を投げようとしたのでお怒りになったのでしょうか？」

少年はアトラスを見て跪いて頭を下げた。

「私は怒ってはおらぬ。お前がなぜ、死のうと思ったのかを聞いておるのだ」

アトラスは益々少年に興味を持った。

「私の母は、ガデイラ族の族長の六番目の妻ですが、私は父親である族長が嫌いです。なぜならその男はいつも母を殴るからです。今、母のお腹の中にはもう直ぐ産まれてくる赤ん坊がいるのですが、昨日も男は母を殴りました。そして男がうずくまる母のお腹を蹴ろうとしたとき、私はもう黙って見ていることができませんでした。私は棍棒で男の背中を打ち付けたのです。男は母を殴るのを止めましたが、ものすごい勢いで私に襲い掛かって来て言ったのです。『明日、お前は自分で海に身を投げて消えろ。さもないと産まれてくる赤子とお前の母を殺す』とそう言ったのです」

少年は、海の神に自分の惨状を訴えるのではなく、ただ自分が海に身を投げようとした理由を説明した。そして少年は恐る恐る顔を上げると、そこにはアトラスの顔があった。そしてアトラスは再び少年を抱きかかえると、その首にエウエノルにしたときと同じように牙を立てたのであった。

アトラスに血を吸われた少年は、ぐったりとして地面に横たわった。しばらくの間、アトラスは崖の上にから海を見ていた。

すると倒れていた少年の身体がピクリと動いた。アトラスは再び少年の方へ向き直ると、今度は声にした言葉を少年に投げかけた。

「お前に永遠の命と、敵を倒す力、そして言葉を話す能力を授けよう。そしてお前はこれからエウメロスと名乗るのだ」

エウメロスとは、別名をガデイロスといい、ガデイロスとはガデイラの土着の王を意味する。

「海の神、これより私の父はあなたです。私はあなたの僕となり、あなたのために働きます」

アトラスからエウメロスと名付けられた少年は、立ち上がりアトラスに歩み寄ると跪いて深々と頭を下げた。

「エウメロスよ、先ずお前は、お前の元の父親を始末するのだ。そしてお前の母親がこれから産む双子を、お前と同じ『者』として迎えろ。そしてあと二人、お前が信頼する者をお前と同じ『者』として迎えるのだ。よいな」

アトラスに使命を授けられたエウメロスは、フクロウに姿を変えて飛び去っていた。エウメロスはその後、自分の父親であるガデイラ族の族長を殺して、一族の支配者となった。

そして遊び仲間だった友人二人を吸血族にし、エラシッポスとメストルという名前を与えた。また母親が産んだ子はアトラスの予言通り双子であったが、その子たちにアザエスとディアプレペスという名前を与え、吸血族に迎え入れたのであった。

こうしてアトラスによるケルベロス軍団は、エウエノルによるネアンデルタール人を人狼に変身させた者たちと、エウメロスによるホモ・サピエンスを吸血族に変身させた者たちとで形成されていったのである。

4　神話となった四人

カインとアベルの計画

タルシシュで平穏な暮らしを送っていたエヴァは、自分が産んだ子で、また捨てた子であるアトラスが、復讐に燃えて着々と準備を進めていることも知らずにいた。カインとアベル、ルルワの兄妹、そして、エヴァを慕ってついて来たネアンデルタール族の子供たちは既に大人になり、エヴァの一家は幸せに暮らしていた。

「兄さん、南のほうに遠出したとき、ヒト族からおかしな噂を耳にしたんだよ」

アベルは、ネアンデルタール族がどんどんこの地からいなくなっていることと、満月の夜になると、野獣ともヒトとも区別がつかない奇妙ないきものが現れて、子供を攫うという噂話があることをカインに報告した。

「野獣ともヒトとも区別がつかない奇妙ないきもの……？　ん……？　俺は別な噂話を聞いたことがある。ヒト族の中で、鳥に変身して飛ぶものがいると言うのだ。この者も夜に現れるらしい。そしてヒトを襲い、襲われたヒトは血を吸われていたらしいのだ」

カインとアベルが各地で出現する悪魔の話をしていると、エヴァがルルワを伴って二人のもとにやって来た。既に美しい女性となっていたルルワは、首から下げていたモノリスが入った袋をテーブルの上に置くと、母に椅子を用意した。エヴァはルルワから差し出された椅子にゆっくりと腰を下ろして、ルルワが置いたモノリスを手にとった。そしてエヴァは、カインとアベル、そしてルルワの三人に向けて、真剣な表情で話し出した。

「カイン、アベル、そしてルルワ、これから私が話すことをよく聞いてほしいの。それは、このルルワが持つモノリスが私に教えてくれたことなの」

エヴァは、母に寄り添うように隣に座るルルワの手を握りながら話を始めた。

「ルルワのもう一人の兄、アトラスが生きていたの。そしてアトラスは私を恨んでいるわ。あの子を捨てた母親である私をね……」

エヴァが話の途中でむせび泣くと、ルルワが優しく母の背中をさすった。

「ありがとう、ルルワ。あなたの実の兄を捨てた私は、決して許されるものではないわ。しかしアトラスは私だけでなく、ルルワを、そしてカインとアベル、あなたたちをも復讐の対象にしているの。あの子はどういうことなのかはわからないけど、不思議な力を手に入れて、その力で仲間を集めて私たちに復讐しに来ると思うの……、ア……！」

ここまで話したエヴァは、泣き崩れてしまった。エヴァは、アトラスがテネリフェ島において、つがいの狼からモノリスを授かったことは知らなかった。

「母さん、泣かないでください。母さんがアトラスをどんな思いで捨てたのかを僕たちは知っているし、それは仕方がないことだったと思っています。だから、アトラスが母さんを連れ戻しに来るのなら、僕たちは再び戦うまでです」

アベルが力強く言うと、カインとルルワは何度も頷いていた。

「そうだよ！　母さん。僕とアベルは、実は既にアトラスらしき男の存在を掴んでいるんだ。そしてそのための準備も考えている。今日は良い機会だから、母さんとルルワに僕とアベルの計画を説明することにしよう」

カインはそう言うと、アベルに相槌を送り二人の計画を話し出した。カインとアベルの計画とは次のようなものであった。

エヴァたちが暮らす西ヨーロッパ地域において、急速にネアンデルタール人の減少傾向が進んでいるが、それと期を同じくして、野獣ともヒトとも区別がつかない奇妙ないきものが現れ出した。そしてそのものたちの邪気が、カインとアベルが持つモノリスに伝わっていた。しかもその悪の力は日に日に強大となり、特別な力を持つカインとアベルでも贖いきれないほどの勢力となっていた。

カインとアベルは今のままではこの邪悪な勢力と戦うことは不利な状況だという判断に至り、そのためこちらも一旦タルシシュを離れて、力を養う必要があるということになった。

作戦としては、エヴァとルルワを東の地域に隠すこと。その後アベルは北に行き、戦士を集めて悪の軍団と戦う体制を整える。カインは南に行き、モノリスの力を使って悪の軍団を一挙に壊滅させる特別な装置を準備することであった。

旅立ち

「ここを離れて東に行くの？」

エヴァが不安そうにカインに尋ねた。

「母さん、父さんが眠るこの土地を離れることは辛いだろうけど、我慢してください。そしてこの作戦は随分と長い時間が必要になります。僕が考える特別な装置は、モノリスの力が僕に示してくれたものなんだけど、考えもつかないほどの時間がかかりそうなんだ」

カインは、その装置を「プロメテウスの火」と名付けていると言い、作戦の話を続けた。

「そしてアベルの正義の戦士も長い年月が必要だと思う。どうやら、敵も我々と同じように永遠の命を持っていると考えられる。もしかしたらアトラスもどこかでモノリスを手に入れたのかもしれない。だから長期戦になるけど辛抱してください。なぜなら、この戦いに我々が負けると、この世界は悪の軍団の世界になってしまうのだからね」

カインの話にエヴァはもう不安を感じていなかった。そして永遠の命を持つ自分ではあるが、アトラスと刺し違えることでアトラスと共に命を絶つことを秘かに決心していた。そして今度はアダムも許してくれると考えていたのであった。

　エヴァたち一家がイベリア半島から東へ旅立つ時代、ヨーロッパ地域では既にネアンデルタール人の姿をほとんど見ることできなくなっていた。エヴァたちがタルシシュに戻ってから一〇〇年以上が過ぎていたため、アガンティールから連れて来たネアンデルタール人の子供たちもすでにこの世を去っていた。

　エヴァたち一行は、グアダルキビール川からカインが造った帆船に乗り川を下って大西洋に出た。この船出をグアダルキビール川の河口付近の木立から見つめる目があった。エウメロスが化身したフクロウの目であった。帆船が大西洋の水平線の彼方に消えることを確認したエウメロスは、羽根を羽ばたかせて飛び去って行った。

「兄さん、やはり見張られていたね。あのフクロウはアトラスの手下が化身したものだろう」

　アベルは、船の舵を取りながらカインに話しかけた。

「うむ、敵は思った通り我々の動きを見張っていたようだ。暗くなるまでこの沖で待ち、夜陰に紛れて海峡（ジブラルタル海峡）を越えることにしよう。おそらくあのフクロウは、我々がタルシシュを船出して、大洋の彼方へ旅立ったとアトラスには報告するだろうからね」

　カインはタルシシュの家にジブラルタル海峡の外、大西洋の彼方に大きな島が描かれた地図を残して、あたかも一行がその島に向かったようにアトラスに思わせることを画策していたのであった。

　この後、エヴァたち一行は大西洋の沖から引き返すと、ジブラルタル海峡を通り、地中海を東へ進

大西洋の中央に伝説の島「アトランティス」が描かれた地図
（アタナセ・キルヒャー「Mundus Subterraneus」より）

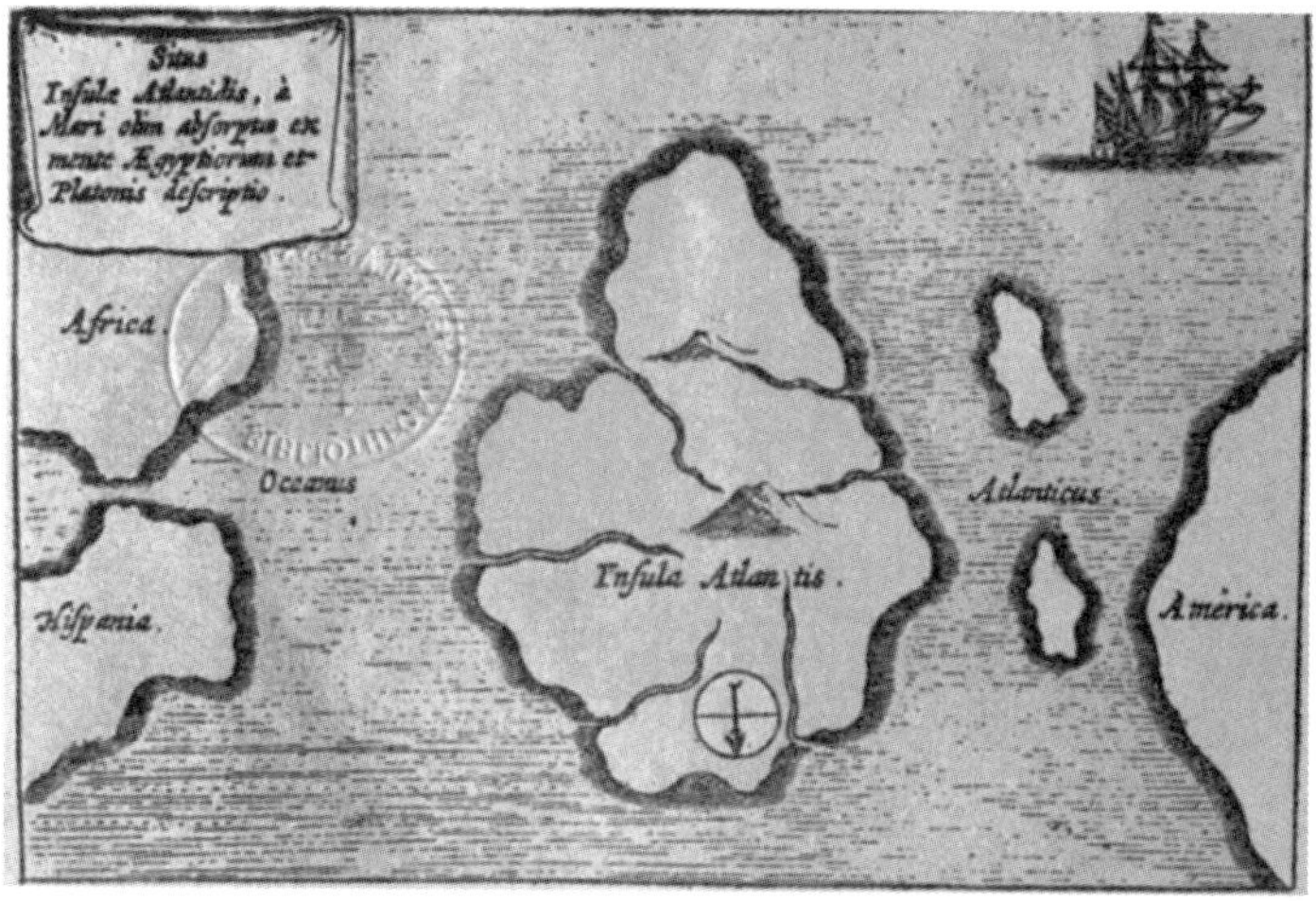

むことで、目的地のサントリーニ島に向かったのだった。

現在のサントリーニ島は三日月形をしているが、これは紀元前一六二八年の海底火山の爆発的噴火（ミノア噴火）により地中のマグマが噴き出してできた空洞状の陸地が陥没して、カルデラ状の地形になったためである。

したがって、エヴァたちが目指したこの時代のサントリーニ島は、まだ大きな火山島であった。

ユグドラシル

エヴァたち一家はサントリーニ島を隠れ家として、アトラスの軍団との戦いの準備を始めた。アベルはユグドラシルを求めて北に旅立った。ユグドラシルとは北欧神話の世界樹で、枝は遥か天高く伸び、それを支える三つの根は遥に遠い世界へと繋がり、それぞれウルズの泉、フヴェルゲルミル、ミーミルの泉に至ると言われている。

ウルズの泉はアースガルズに向かう根の直下にある泉で、泉水は強力な浄化作用を持っていると言われる。この泉水の水は、ケルベロス軍団の人狼と吸血鬼撃退に有効であった。泉水の水を浴びせられたバンパイアたちは、一瞬にして灰になってしまうのであった。

フヴェルゲルミルは、ユグドラシルの根の最も深い氷の世界にある泉で、ニーズヘッグというドラゴンが棲む。ニーズヘッグは死者の魂を喰うドラゴンでバンパイア（死者）を次々と呑み込んでしまうのであった。

ミーミルの泉は、超人的な強さをもつ霜の巨人の国へとつながっている。霜の巨人とは、大自然の精霊の集団の一員である。この霜の巨人の血を引くロキは、変身術を得意とし、男神であるが時に女性にも変化する。また自身が変身するだけでなく、他者に呪文をかけて変身させることもできた。そしてロキは「空中や海上を走れる靴」という不思議な力を持つ靴を持っていた。

プロメテウスの火

カインのプロメテウスの火とは、星を動かすことができる装置である。この壮大な技術は、モノリスがカインに啓示したものであった。ただし、その力を発動させるには定まった時期と天空の星と対応した装置を大地に建設することが必要であった。

カギとなる星座は天空の大三角形アステリズムであるおおいぬ座アルファ星シリウス、「こいぬ座」アルファ星プロキオン、「オリオン座」アルファ星ベテルギウス、そして「オリオン座」の三ツ星と天の川の位置関係であった。

オリオンとはギリシア神話に登場する狩人の名で、オリオンの腰にあたりにデルタ星、イプシロン星、ゼータ星の三ツ星が並んでいる。そしてこの三ツ星の左上、右手で剣を振り上げるオリオンの右肩に赤く輝くベテルギウスがあるが、このベテルギウスと左側にある「こいぬ座」のプロキオンの間から、三ツ星の左下にある「おおいぬ座」のシリウスの左あたりを天の川が流れている。

カインは天空の天の川に見立てた大河を、アフリカ大陸北東部を北に流れて地中海に注ぐナイル川を選んだ。そしてナイル川を北から南方向を眺めて、川の右側に三ツ星の見立てとなるモニュメントを河岸台地に建設することにした。

ただし、台地に建設されるモニュメントを稼働させて、プロメテウスの火に点火する時期は、地球の地軸と星の向きとの関係から、カインがエジプトの大地に渡ってから更に二万年の時を待つ必要があった。

エヴァとルルワはサントリーニ島で、アベルはまだ大地が氷河で覆われた北欧のスカンジナビア半島で、そしてカインはアフリカ大陸北東部の大地で、それぞれの役目を果たしながら、長い時間を待つのであった。


今より一万二〇〇〇年前、ヨーロッパの東南部バルカン半島では、気候の温暖化に伴いホモ・サピエンスの定住が進んでいた。ヒト社会が狩猟採集生活から農耕生産に移ると力を蓄えた部族が他の部族を併合することで、ギリシアではアテナイ、スパルタ、コリントス、テーバイなどの多数のポリス（都市国家）が各地域に成立していった。

エヴァとルルワは、火山活動が活発になり始めたサントリーニ島からアテナイに移り住んでいた。エヴァはここでは女神「ヘラ」としてすべての部族の信仰の対象となった。ルルワは女神「イリス」

としてエヴァの言葉をヒトに伝えた。カインは「プロメテウス」としてヒトに技術を伝え、アベルはその弟「エピメテウス」としてヒトにエルピス（希望）を伝えた。

ルルワは自分が生まれたアガンティールに行き、ベルベル人の女性たちを集めて教育し、アトラスが築いたアトランティスの内情を探る秘密結社をつくった。ルルワはこの組織をアマゾネスと名付け、一人ひとりを女戦士に仕立てた。

そしてルルワは、アマゾネスからもたらせる情報をカインとアベル、それにエヴァに伝えた。カインにとっては、特にアトラスがどこにいるのかが重要な情報であった。

アトラスはアトランティスの都アクロポリスの王宮で帝国を支配していた。そこでアトラスは、エヴァが大西洋の彼方の島に逃げたのではなく、バルカン半島に居ることを知ると、エウエノルとケルベロス軍団をギリシアに差し向けてエヴァを捕えようとしたのであった。

アトラスの伝言

ある満月の晩、エヴァはアテナイの家のバルコニーに出て、青白く輝く月を眺めていると、突然庭の茂みから黒い影が蠢いた。するとその影はものすごい勢いでエヴァが立つバルコニーに飛び込んで来た。黒い影の正体は人狼で、エヴァの前に立つと、その姿を変身してネアンデルタール人の男の姿になった。

「あなたは……？」

エヴァは驚いたたが、恐ろしい人狼の姿から変身したその男からは、邪気が感じられなかった。

「エ……ヴァ……、エ……ヴァ……」

その男は、言葉にならないような喋り方で、エヴァの名前を呼んだ。エヴァは、その男がアトラスとルルワの父親であったネアンデルタール人の男だということを確信した。すると家の中からアベルが剣を持って出て来た。

「おのれ！　お前はあの時のネアンデルタール人の男だな！　今度はその首を叩き落としてやるぞ！」

アベルは剣を振り上げ、男に立ち向かおうとした。するとエヴァがエウエノルを背にしてアベル前に立ちふさがることで。勇み立つアベルを止めた。

「待って！　アベル！　この人は私に何かを伝えに来たようなの」

エヴァは、アベルを押しとどめるように剣を持つアベルの手を取ると、エウエノルの方を振り返った。

「アトラスが呼んでいる……。エヴァとルルワがアクロポリスに来れば、戦いは終わると……」

たどたどしく喋るエウエノルを見て、エヴァの頬を涙が走り落ちた。

「わかったわ。アトラスに伝えてください。私とルルワが会いにいくと」

エヴァの返事を聞いたエウエノルは、満月のほうを見ると再び人狼の姿に戻り、ものすごい勢いでバルコニーから飛び去り、エヴァとアベルの前から姿を消してしまった。

　エウエノルがエヴァの前に現れてからは、ケルベロスによる攻撃が一層激しさを増した。アテナイを含めたギリシアの都市では市民に多くの犠牲者が出ていたが、アベルと狂戦士（ベルセルク）は、ことごとくケルベロスの攻撃を粉砕していった。

　ベルセルクが放つウルズの泉の泉水は、多くのケルベロス軍のバンパイアを灰燼に帰し、死者の魂を喰うドラゴンニーズヘッグは、バンパイアを次々と呑み込んでいった。また超人的な強さをもつ霜の巨人は、次々とケルベロス軍をなぎ倒したのであった。

　カインのプロメテウスの火は、天空の天の川に見立てた大河をナイル川にして、川の西側のギザの台地にオリオン座の三ツ星の見立てとなるモニュメントを建設していた。

　カインが建設したモニュメントは、硬い花崗岩のブロックを幾層にも積み上げられて造られた巨大な正四角錐であった。

　正四角錐とは、底面が正方形で側面が全て二等辺三角形であるような四角錐のことを言うが、カインはこの形のものをオリオン座の三ツ星に見立てるように三つ並べて建設した。そして最も大きな形のものは真ん中の四角錐で、底辺が二三〇メートル、高さが一四七メートルという巨大な構造物であった。カインはモニュメントの頂部に金字塔を設け、その頂上にモノリスを設置する台を施した。

　カインのプロメテウスの火とは、この大モニュメント群を「オリオン座」の三ツ星に見立てることと、そしてさらに、このエジプトのモニュメントとアトランティスの中心アクロポリス、そしてアテナイのアクロポリスの三点を、天空の大三角形である「おおいぬ座」アルファ星シリウス、「こいぬ座」アルファ星プロキオン、「オリオン座」アルファ星ベテルギウスに見立てることであった。

そして、その三点に設置されたモノリスを共鳴させることで、火星の公転軌道と木星の公転軌道との間に存在するアステロイドベルトにある小惑星の軌道を変え、地球に落下させるという途方もない力を発揮するものであった。

また、小惑星と地球との距離から、小惑星が地球にやって来る時間は、プロメテウスの火を点火してから数年の時間が必要と考えられるが、モノリスが共鳴してつくるワームホールを小惑星が移動することで、点火後およそ二四時間で小惑星は地球に到達することになるのであった。


カインのプロメテウスの火は、エジプトのモニュメントとアテナイのアクロポリスにはモノリスの設置が完了していた。ただし、カインの計画には重大な問題があった。それはどのようにして三つ目のモノリスをアクロポリスの宮殿に設置するかという問題であった。ルルワの配下である女戦士（アマゾネス）の潜入捜査により、宮殿の位置は、おおよそはわかっていたのだが、だれがそこにモノリスを設置するかをカインとアベルは決めかねていた。プロメテウスの火の点火の日まで残すところ一ヶ月を切っていたが、二人は事態の打開策を考えあぐねていたのだった。

カインはエジプトのモニュメントにあって、プロメテウスの火を点火しなければならないし、アテナイのアクロポリスは、ケルベロス軍団の襲撃が激しかったために、アベルがベルセルクを率いて守らなければならなかった。そしてモノリスの力を発動させることができるのは、エヴァと三人の子供たちだけなので、残るはエヴァかルルワがアクロポリスに行かなければならなかった。そしてそれは、エウエノルが伝えたアトラスの伝言に応じることにもなるのであった。

5　エヴァの決意

母と子の絆

アテナイのエヴァの家には久しぶりに一家全員が揃って、作戦の最後の仕上げの相談をしていた。アベルは、これまでのヨーロッパ・地中海地域でのアトラスとの戦いにおいて、益々強大化するケルベロスの脅威を話した。そしてカインは完成したプロメテウスの火の威力とその発動の方法を説明した。ルルワはアマゾネスによるアクロポリスの情報を報告した。

「それでは、時が来たようですね。みんな長い間、私の過ちのために苦労をかけてしまったことを、母さんは申し訳なく思っています」

エヴァが思いつめた顔をして三人の兄妹に頭を下げた。

「母さん、よしてください。僕らは亡くなった父さん、そしてこの地に生きる全て者たちのために働いているのですから」

カインがそう言うと、アベルもルルワも深く頷いていた。

「ありがとう、カイン。あなたがつくったプロメテウスの火という装置には本当に驚かされます。しかし、あなたの説明を聞いていると、気の遠くなるほどの時間と準備をかけたこの大事な計画には、もう残された時間がないということも理解できました」

エヴァの指摘にカインは、恐縮して頭をかいた。

「でもカインとアベル、あなたたちは心配しなくても大丈夫です。これで私が成した罪を洗い流してしまうことができそうだから。だからね、みんな聞いてちょうだい。これだけは母さんの思い通りにさせてほしいの。そしてそれはアダムも許してくれると信じているわ」

エヴァはそう言うと、子供たち三人の手を集めて、その上に自分の手を重ねた。

「私がアトラスのところに行きます。たとえ悪魔の様な子でも、私が産んだ子には変わりがないの。あの子の心の叫びは、この三万年の間、常に私の心を打ち砕いてきました。だから今回は、私の過ちを精算しなくてはならない。だから私がアトラスのところに行くことを許してほしいの。お願い」

エヴァの穏やかだが硬い信念をうかがわせた懇願に、三人は反対することができなかった。そしてエウエノルが伝えたアトラスの伝言では、ルルワも同行させることになっていたので、カインとアベルはルルワがアマゾネス戦士を連れて同行することを提案した。

するとルルワもその提案に賛成したため、エヴァはルルワと共にアクロポリスに向かうことになったのであった。

エヴァとルルワは、カインがつくった帆船に乗り、アテナイの港を西に向けて出帆した。船の操舵と護衛はロキとアマゾネスであった。ロキを同行させたのはエヴァの要求であった。一行を乗せた船は、ケルベロスの監視を逃れるためにアフリカ大陸の沿岸に沿って進み、ジブラルタル海峡に面したセリル岬に着いた。

ここでエヴァは、ルルワを残して小舟でジブラルタル海峡を渡ることをルルワに告げた。ルルワはもちろん反対したが、エヴァの決心は固かった。エヴァは、ルルワを連れて行けば、アトラスは母親よりも実の妹を先に狙うと思ったからである。また、カインのプロメテウスの火の威力を知っていたエヴァは、ルルワを危険にさらすことはあってはならないと考えていたのだった。

ルルワは、ロキがルルワに変身してエヴァに付き添うことで渋々承知した。また、アマゾネスの精鋭を二人付けることにした。この二人はアクロポリスに潜入したこともあったため、道先案内役も兼ねたのであった。

ジブラルタル海峡を渡り対岸のタリファ岬に着いたエヴァたちは、一路アクロポリスに向かって進んだ。途中で幾度かケルベロスに遭遇したが、アマゾネスがウルズの泉の泉水を使ってバンパイアを全て灰燼に帰していった。そしてエヴァの前に巨大な帝国の中心アクロポリスが見えてきたのであった。カインの示したプロメテウスの火の点火の日まで残すところ五日となり、いよいよ時間が迫っていた。

5日後の月の晩

アクロポリスは、その周囲に堅固で見上げる高さの城壁が巡らされていた。そのため、アクロポリスに出入りする者は、数ヶ所に設けられた城門を通らなければならず、城門にはエウメロスの配下の者が検問にあたっていた。

アマゾネスは、旅芸人を装い何度もこの城門を出入していたので、今回もエヴァとルルワ（変身したロキ）にも芸人の格好をさせて無事にアクロポリスに入ることができた。

城内に入ると、街はギリシアのどの都市とも違う不思議な形の建物が並んでいた。そして街の中心らしい方向には、塔状の建物が空に向かってそびえるのが見えた。エヴァはそれがこの帝国の中心、アトラスのいる王宮だとアマゾネスから告げられた。

アクロポリスは長方形に整形され大運河に取り囲まれ、運河には材木や季節の産物の輸送舟が忙しく行き交っていた。またそれらの舟よりひときわ大きな軍船も航行していた。そして街のいたるところには、馬のない戦車が置かれていて、バンパイアの士官らしき男がヒトの兵士を指揮していた。

エヴァたちはアマゾネスの案内で、街のアゴラ（市場など市民が集まる広場）にある商人宿泊施設に向かおうとしていた。すると突然エヴァたちの前にエウメロスが姿を現した。

「エヴァ様、ルルワ様、お待ちしておりました。私はアトラス様お申し付けでお二人をお迎え上がったエウメロスと申します」

エウメロスの突然の出現に、アマゾネスは身構え隠し持った剣を抜こうしたが、エヴァがそれを止めた。

「私たちが来ることをわかっていたようですね。エウメロスと言いましたね。それではアトラスのところに案内してくれますか」

エヴァがそう言うと、エウメロスは丁重にお辞儀をすると、指で合図を送り二人の士官らしき男たちを呼び寄せた。

「それでは、この者たちに王宮にご案内させます。私は先に行ってお迎えの準備を整えますので。暫し失礼いたします」

エウメロスはそう言うと、フクロウの姿に化身すると、王宮に向かって飛び去ってしまった。エヴァたちはエウメロスの部下の案内で王宮に到着した。建物の入口では先ほどフクロウに姿を変えて飛び立ったエウメロスが再びヒトの姿に戻って出迎えた。エヴァたちが建物の中に入ると、そこも見たことがない不思議な装飾で飾られていた。

エヴァたちは、エウメロスの案内で建物の奥に進んで行き、ある扉の前に至った。エウメロスが壁に付いたボタンを押すとその扉が開いた。中は窓のない小さな部屋で、エヴァたち四人とエウメロスが入るといっぱいなるほどの小部屋であった。

エウメロスに続きエヴァたちがその小部屋に入ると、エウメロスは再び壁のボタンを操作した。すると、扉が閉まりその小部屋の床がガタンと揺れると、上に向かって動き出した。そのためエヴァたちは驚いた。そしてその様子見たエウメロスは冷ややかな笑みを浮かべていた。

エヴァたちを乗せた小部屋はしばらく上に向かって動いていたが、やがて動きが止まると扉がゆっくりと開いた。エウメロスが先に出て一行が後に続くと、廊下に向かい合った扉の前に案内された。そしてエウメロスが扉を開けると、今度は大きな窓がある部屋に案内された。窓の外を見ると下に広場があり、そこを行き交う人の姿が蟻のように小さく見えた。これを見たエヴァは、随分と上に登って来たのだろうと思った。

「アトラスは、ここに来ているのですか?」

エヴァがエウメロスに尋ねた。

「アトラス様は式典の準備でお忙しく、ここには居られません」

エウメロスの返答にエヴァは少し困惑顔になり、アトラスにはいつ会えるかを尋ねた。

「五日後のフルムーン(十五夜)の晩に、貴方様のお披露目式典が開催されます。その前にはアトラス様もお会いになられると思いますが、世界中の我々同胞がこのアクロポリスに集結するので、アトラス様もお身体が空かないと思います」

エウメロスの返事は極めて事務的で、エヴァの気持ちを忖度する余地はなかった。そのためエヴァは、これ以上の質問は無意味だと判断した。するとルルワに変身したロキがエヴァに耳打ちした。

「五日後の月の晩と言えば、カイン様のプロメテウスの火が点火されて二十四時間後になります。その時に全てのバンパイアがこのアクロポリスに集まるということは、エヴァ様がモノリスを設置したちょうど一日後になりますので、この上ない機会だと思います」

エヴァは、ロキの忠告に深く頷き、最後にエウメロスに尋ねた。

「それでは、どのくらいの軍団が集まるのですか？」

エウメロスは、エヴァの質問に一瞬眉間に皺を寄せて訝しげにルルワを見た。すると、ルルワに変身したロキは、急いでエヴァの傍らから離れた。

「戦車一万台と騎兵十二万人、重装歩兵十二万人、弓兵十二万人、投石兵十二万人、軽装歩兵十八万人、投槍兵十八万人、一二〇〇艘の軍船のための二四万人の水夫が招集されております」

アマゾネス二人が、その軍容に驚きの顔をするのを見たエウメロスは、皮肉気に微笑んだ。

「それでは、エヴァ様とルルワ様は、この部屋を自由にお使いください。お付きのお二人は向いの部屋を用意しております」

エウメロスはそう言うと、深々とお辞儀をして世話係の数名を残して立ち去っていった。

それからのエヴァは、アトラスの来訪を待ったが、次の日もその次の日もアトラスはエヴァの前に現れることはなかった。エヴァの部屋からは宮殿前の広場が見えたが、日に日に、広場にはケルベロスの軍団が集まって来るのが確認できた。そして四日目、いよいよプロメテウスの火の点火の日となった。

「エヴァ様、ロキ様、この時間は、バンパイアどもは暗い部屋で休んでおりますので、大丈夫かと思います」

アマゾネスはケルベロス軍団の習慣や行動様式を把握していた。

「しかしロキ、どうやってこの塔の上に行くのですか？　あなたはあの不思議な部屋を操れるのでしょうか？」

エヴァが言う不思議な部屋とは、現代のエレベーターであった。アトランティスでは、自走式の戦車やエレベーターなど、既にオリハルコン（モノリス）の力でエネルギーを創り出すことで、動力として利用していたのであった。

「エヴァ様、ご心配は無用です。私がエヴァ様を抱えてこの窓を出て、あなた様を塔の上までお連れ致します」

ロキはルルワから元の姿に戻ると、「空中や海上を走れる靴」を履き、エヴァを抱えると、窓から外へ飛び立った。そしてロキはぐんぐんと上昇して塔の屋上に到達し、エヴァをゆっくりと降ろした。塔はアクロポリスの中心あるため、そこからは帝国の繁栄が一望できた。

しかしそこから見える風景は、エヴァが知っていたタルシシュの平原ではなかった。ただ唯一のこるタルシシュの面影は、遠くに見える山々とグアダルキビール川だけであった。アクロポリスに同心円状に巡る水路が都市の城壁の外を流れ出てグアダルキビール川に注いでいた。

「エヴァ様、さあ！　早くモノリスをここへ！　既に時間が迫っております」

ロキが屋上にある石の台を探り当てて、そこにエヴァを導いた。感傷に浸っていたエヴァは、気を取り直すかのように、首を二、三回横に振ると、胸に下げたモノリスを取り出してロキが指し示す石の台の上に置いた。

「エヴァ様、そろそろ二万年かけた点火の時間となります」

ロキがそう言うと、エヴァは深く頷き、両手を差し出すとモノリスを握りしめて目をつぶった。このときエジプトのモニュメントの金字塔ではカインが、アテナイのアクロポリスに設置した大理石の台の上ではアベルが、エヴァと同じことをしていた。

すると、違う三つの場所に設置されたモノリスのそれぞれから、昔、エヴァがアダムと洞窟の中で聞いた不思議な音が鳴り出した。そして三つのモノリスは同時に光出した。そして三つのモノリスが放つ音と光の強さは徐々に高まっていった。

異なる場所で同じようにモノリスを握りしめていた三人は、「パーン！」という何かがはじけるような音を聞いたような気がした。すると、イベリア半島のアクロポリスとアテナイのアクロポリス、そしてエジプトのモニュメントに設置されたモノリスから同時に光が放たれ、その光は三角形を結ぶと、遠い宇宙に向かって一筋の光となり飛び去った。

そして放たれた光は宇宙空間を進み、火星と木星の間にあるアステロイドベルトに届いた。すると、この宇宙空間にある直径一〇〇メートルほどの三つの小惑星が軌道を変えはじめたのであった。

「点火が完了したようですね」

モノリスから大きな光が空に向かって放たれると、不思議な音も止んだ。そしてロキがそう呟くと、エヴァはモノリスから手を離した。エヴァはゆっくりと立ち上がりモノリスを胸に下げた袋に戻すと、再びロキに抱えられて屋上を飛び立った。部屋に戻ったエヴァたちをアマゾネスの二人が迎えた。それから四人は部屋で旅立ちの支度を始めた。辺りはそろそろ日暮れ時となっていた。

「バンパイアどもが続々と集まってきておりますな。エヴァ様のお披露目式とは、如何なる目的でございましょうか？」

ルルワに変身したロキが、男の声で呟くように尋ねた。

「アトラスが何を考えているか、私にはわかりません。あの子と別れてもう何万年もの時が過ぎているのに、今更母親なんて……」

エヴァがそう言うと、地獄の底から響くような声が聞こえてきて、エヴァを震え上がらせた。

「何を言うのですか？　母さん、何万年経とうとも、私の母親はあなた一人ですよ。エヴァ」

エヴァは背筋が凍るような悪寒を覚えて、声の方を振り返った。そこには青白い顔をした男が立っていた。エヴァはその男がアトラスであることが直ぐにわかった。

「アトラス……？」

エヴァの唇はそう発音したように見えたが、声は出ていなかった。

「母さん、明日あなたは、世界の皇帝の聖母として皆の前に立って頂きます」

アトラスはエヴァが胸に下げたモノリスの袋を撫でて満足気に言った。

「ルルワ……？　お前はオリハルコンを持っていないようだな。まあ、偽者では当たり前のことだろうがな」

アトラスはルルワ（ロキ）を見て、ニヤリと笑った。アトラスは、アダムとエヴァが名付けたモノリスをオリハルコンと呼んでいたのだった。

「ふん……、これもあの二人の差し金か。まあ良い。あの二人からはいずれオリハルコンを奪うことになるだろうが、その時にルルワも一緒に始末するまでだな。エウメロス！　その者は明日始末して、私の母さんを連れて来てくれ」

アトラスはそう言い残すと、その場からすっと姿が見えなくなった。アトラスに指示を受けたエウメロスもルルワ（ロキ）を見て、ニヤリと笑いながら姿を消した。

「いや〜、ばれてしまいましたな〜」

ルルワの姿から戻ったロキは、頭をかきながらそう言った。

「オリハルコンとは……？　モノリスのことかしら？　あの子もモノリスの力を持つのかも……？」

エヴァはしばらく考え込んでいたが、自分の処理できるものではないと悟ると、再びロキの方に向き直った。

「ロキ、あなたの役目はここまでのようですね。これからアマゾネスの二人を連れてここから逃げてください。そしてルルワを連れてできるだけここから遠く離れた高い所へ避難するように。あなたたちが無事にアテナイの家へ戻ることを私はここで祈ります」

エヴァの指示を聞いたロキとアマゾネスの二人は、エヴァのことを気遣った。しかし、エヴァの決心は揺るがなかった。すると説得をあきらめたロキは、エヴァの前に「空中や海上を走れる靴」を置いた。

「エヴァ様、明日プロメテウスの火がやって来る前に、どうかこの靴でお逃げくださいますようお願い申し上げます」

ロキはエヴァにそう言い残すと、アマゾネスを空飛ぶ絨毯に乗せて、宮殿の窓から飛び立って行った。

エウエノルの涙

セリル岬で待つルルワと合流したロキは、再び空飛ぶ絨毯を広げてルルワとアマゾネスの二人を乗せて東へ向けて飛び立った。そして休む間もなく、エジプトのカインのもとへ向かったのであった。

カインのモニュメントはギザの台地にあり、更にモニュメントの高さは地表から一四七メートルもあった。そのためカインのモニュメントは、エヴァが言った「できるだけ高い所」であった。ルルワたちがカインと再会した時刻は、あと数時間で小惑星がアトランティスの中心アクロポリスへ激突するという時刻であった。

一方、アテナイのアクロポリスにおいてアベルが設置したモノリスの大理石の台は、現在の海抜で一五〇メートルの平らな岩の上に立っていたため、こちらも「高い所」であった。アベルも、プロメテウスの火の点火が完了すると、その場を動かずに審判のときを待っていた。

アトランティスの中心アクロポリスの宮殿前の広場では、ヨーロッパ中から詰めかけたケルベロスがひしめくように集まっていた。そして、群衆は口々にアトラスの名を叫んでいた。群衆の前にはそれぞれの軍団を率いる将軍が立っていた。

人狼軍団を統率するエウエノル、吸血族を統率するエウメロスを筆頭に、アンペレス、エウアイモン、ムネセウス、アウトクトン、エラシッポス、メストル、アザエス、ディアプレペスが自分達の軍団の前に立ち、アトラスの登場を待っていた。広場の上には青白い満月が輝いていた。

するとアトラスがエヴァを伴って群衆の前に姿を現すと、「アトラス！」と叫ぶ声が一層大きくなった。そしてアトラスが演台の上に立ち群衆の前に右の手をかざすと、群衆は一斉に静かになった。

「皆の者、いよいよ一つ目のオリハルコンが手に入った。見よ！」

アトラスは横に並べて立たせたエヴァが首から下げているモノリスを手にして群衆の前に掲げて見せると、群衆からは大きなどよめきが起こった。

「オリハルコンは、あと二つある。これを手に入れると、いよいよ我らの確固とした繁栄の時が訪れるのだ！」

エヴァは、アトラスがモノリスの力を知っており、既にその力を駆使してこの都市をつくっていることを確信した。また、アトラスがモノリスの力を手に入れることにより、この世界に大きな災いがもたらされることに、底知れない不安を覚えた。そして大昔にそのことを、自身が産んだ子であるアトラスに感じたこと、その予感が今ここに的中したことを悲しく思うのであった。

「母さん、あなたを助けるためにはカインとアベルは、二人が持つオリハルコンを差し出すだろうよ。ハ！　ハ！　ハ！」

アトラスはエヴァのほうを見ながら不敵に笑っていた。するとそのとき、群衆が空を見上げて、それぞれが月の横に新しく光る天体を指差し出した。

「プロメテウスの火が来たんだわ！　これでやっと終わる……」

エヴァの顔には、慈愛とやりきれない悲しみが同居したような複雑な表情が表れていた。そしてアトラスに歩み寄ると、まるで幼子を抱くような顔しながらアトラスを抱いた。

「エヴァ……？　何をしたのだ？　あの星は何なのだ？」

それまでの自信に満ちたアトラスの顔には、驚きと焦りの色が浮かんでいた。

「アトラス、今度はあなたを一人にはしないわ。私と一緒に黄泉国に行きましょう。これからはずっと、私はあなたと一緒にいますよ」

エヴァには、アトラスの顔が少しずつ引きつっていくのがわかった。いつの間にかエウエノルが二人の傍ら立っていた。エウエノルの目は涙が浮かんでいた。

6　アトランティス最後の日

プラトンの『ティマイオス』と『クリティアス』

ギリシア神話では、先ず世界の始まりが語られる。宇宙には全ての神々の祖となる無限の象徴を意味する何もない状態の混沌（カオス）があった。そしてカオスから大地の女神「ガイア」が誕生する。ガイアは配偶神無しで単独で天空神「ウーラノス」と海神「ポントス」と山神「ウーレアー」を生み出した。

サントリーニ島で暮らすエヴァは、バルカン半島に暮らすヒトにとって、神話の女神ガイアであった。そしてエヴァの子供たちが天、海、地を創る神を象徴した。またカオスからはガイア（エヴァ）の他に、奈落の神タルタロス、恋心と性愛の神エロス、地下世界・暗黒幽冥の神エレボス、夜の女神ニュクスも誕生する。

こうして基本的な世界が形成され、そこから次々と世界を形成する神々が生まれたことでこの世界が創造されたのである。

ギリシアが神話からヒトの歴史の時代になったとき、神話に現れた神々の話を「哲学」として語り継ぐ者が現れ出した。古代ギリシアの哲学者プラトン（紀元前四二七〜三四七年）の後期対話篇の一つである『ティマイオス』とその続編の『クリティアス』では、宇宙論と理想国家論が語られている。

この書は、プラトンの師匠である哲学者ソクラテス（紀元前四七〇〜三九九年）、プラトンの数学の教師とも伝えられているロクリスの政治家・哲学者ティマイオス、プラトンの曽祖父であるクリティアス、そして、シュラクサイの政治家・軍人ヘルモクラテスの四名の対話の形式で書かれている。

『ティマイオス』では主にティマイオスが宇宙論について語り、『クリティアス』では主にクリティアスが実家に伝わっているアトランティス伝説について語っている。場面は、ある年のパナテナイア祭が行われている夏のアテナイの、ソクラテスの家にて行われたものである。

対話は、アテナイのクリティアスの家に滞在しているティマイオス、ヘルモクラテスと、クリティアスの三名が、前日に続いて再度ソクラテスの家を訪れるところから話は始まる。

そして三人を前にして、ソクラテスが前日話してくれるよう頼んだ話に言及する。ソクラテスは、前日に話した理想国家論についておさらいした後、それを受けて三名に、より詳細で完成度が高い理想国家論を話してくれるよう頼んだことを確認する。

すると、三名もその準備ができていると応じる。そしてまずはクリティアスが自分のアトランティス伝説の概要に軽く言及しつつも、彼らの打ち合わせ通り、順番を譲ってまずはティマイオスが宇宙論を始めると言ったものである。

プラトンは、『クリティアス』の内容（アトランティス伝説）の概要を、本編『ティマイオス』冒頭で既に述べてしまっていることから、プラトン自身、『ヘルモクラテス』を含めた三部作が途中で中断する可能性が高いことを事前に予期していたと考えられる。プラトンがなぜそのように考えていたかは、今となっては知ることはできない。

アトランティスの物語の語り手として登場するのは、プラトンの母方の曽祖父だったとされるクリティアスで、彼は祖父からこの話を聞き、クリティアスの祖父は賢人で政治家のソロンから、ソロンはエジプトに旅した際に女神ネイトに仕える神官から伝えられたという。

クリティアスが語るアトランティスは、プラトンの時代の九〇〇〇年前に海中に没したとされているので、今よりも一万一六〇〇年程前のこととなる。そして、アトランティスはジブラルタル海峡のすぐ外側、大西洋に巨大なアトランティス島があったとしている。

またアトランティスは、資源の宝庫で、そこにある帝国は豊かであり、強い軍事力を持ち、大西洋を中心に地中海西部を含んだ広大な領土を支配していたこと。王家はポセイドンの末裔であったが、人間が混じるにつれ堕落し、物質主義に走って領土の拡大を目指し、帝国は荒廃したとしている。

ギリシアでは、アテナイが近隣諸国と連合し侵略者であるアトランティス帝国と戦い、辛くも勝利したが、その直後アトランティス島は海中に沈み、滅亡したとされている。これは神々の罰であるという。アテナイの歴史はエジプトよりも古く、そのアテナイの遠い先祖たちは、ソクラテスが述べたような理想国家を実際に築いており、地中海の外（大西洋）にあったアトランティスという大島（大陸）の強大な勢力が、地中海世界を征服しようとした際に、見事に防衛したという。

またアトランティスは、度重なる大地震と大洪水によって、その実績はアトランティスの帝国共々、地中・海中に失われて忘れ去られてしまい、古い記録を保存しているエジプトの神官のみが知ることとなったという。

プラトンの『クリティアス』は、アトラスの軍団とエヴァ一家の戦いが断片的統合され伝説となったものである。アトランティスがジブラルタル海峡のすぐ外側、大西洋に巨大なアトランティス島があったとしているのは、カインが残した地図が基になっている。

強い軍事力を持ち、大西洋を中心に地中海西部を含んだ広大な領土を支配していたとは、ケルベロス軍団の進撃で、西ヨーロッパ一帯を氷河期が終わる時代まで支配したアトラスの帝国を意味する。そしてアトラスは海からやって来た神（ポセイドン）であった。


時代は最後の氷河期が終わり、大地を覆う氷が融けヨーロッパの地に春の訪れを迎えていた。アトラスとケルベロス軍団は、西ヨーロッパのほぼ全域支配する帝国を築いていた。そして帝国の中心アクロポリスは、イベリア半島南西部のセビーリャを頂点としたティント川とグアダルキビール川に挟まれた三角地帯のタルシシュであった。プラトンの『クリティアス』には、アテナイとアトランティスの物語を次のように表している。

アトランティス島の大地から生まれた原住民エウエノルが、妻レウキッペとの間にクレイトという娘を儲け、アトランティスの支配権を得た海神ポセイドンがクレイトと結ばれ、五組の双子が生まれた。

初代のアトランティス王アトラス、スペインのガデイラに面する地域の支配権を与えられたエウメロスことガデイロス、アンペレス、エウアイモン、ムネセウス、アウトクトン、エラシッポス、メストル、アザエス、ディアプレペスで、彼らが十に分けられたアトランティス帝国各地の王家の先祖となったとされており、王家は神の血筋ということになる。

アクロポリスのあった中央の島は、直径五スタディオン（約九二五メートル）で、その外側を幅1スタディオン（約一八五メートル）の環状海水路が取り囲み、その外側をそれぞれ幅二スタディオン(約三七〇メートル)の内側の環状島と第二の環状海水路と、それぞれ幅三スタディオン(約五五五メートル）の外側の環状島と第三の環状海水路が取り囲んでいた。

巨大な三つの港が外側の環状海水路に面した外側の陸地に設けられ、内外の環状水路には二つのドックが作られ、三段櫂の軍船が満ちていた。

中央島のアクロポリスには王宮が置かれていた。王宮の中央には王家の始祖十人が生まれた場所とされるクレイトとポセイドン両神を祀る神殿があり、五年または六年毎に十人の王はポセイドンの神殿に集まって会合を開き、牡牛を生贄としてポセイドンに捧げる祭事を行った。

内側の三つの島々に王族や神官、軍人などが暮らしていたのに対し、港が設けられた外側の陸地には一般市民の暮らす住宅地があり、港と市街地は世界各地からやって来た船舶と商人で満ち溢れ、昼夜を問わず賑わっていた。

アトランティス島は生活に必要な諸物資のほとんどを産する豊かな島で、オリハルコンなどの地下鉱物資源、象などの野生動物や家畜、家畜の餌や木材となる草木、ハーブなどの香料植物、葡萄、穀物、野菜、果実など、様々な自然の恵みの恩恵を受けていた。

島の南側の中央には一辺が三〇〇〇スタディオン（約五五五キロメートル）、中央において海側からの幅が二〇〇〇スタディオン（約三七〇キロメートル）の広大な長方形の大平原が広がり、その外側を海面から聳える高い山々が取り囲んでいた。平原は土木工事により長方形に整形され大運河に取り囲まれ、運河のおかげで年に二度の収穫を上げたほか、これらの運河を材木や季節の産物の輸送に使った。

平原は十スタディオン平方（約三・四二平方㎞）を単位とする六万の地区に分割され、平原全体で一万台の戦車と戦車用の馬一二万頭と騎手一二万人、戦車の無い馬十二万頭とそれに騎乗する兵士六万人と御者六万人、重装歩兵十二万人、弓兵一二万人、投石兵十二万人、軽装歩兵十八万人、投槍兵十八万人、一二〇〇艘の軍船のための二十四万人の水夫が招集できるように定められた。

山岳部もまたそれぞれの地区に分割され、軍役を負った。アトラス王の血統以外の他の九つの王家の支配する王国ではこれとは異なる軍備体制が敷かれた。アトランティスの支配者たちは、原住民との交配を繰り返す内に神性が薄まり、堕落してしまった。それを目にしたゼウスは天罰を下そうと考えた。

アトランティスの最後

月の横に新しく光る天体はみるみるうちに輝きとその大きさを増していった。そして空は昼間のような明るさになったため、ケルベロス軍のバンパイアたちは怯えるように叫び声をあげだした。

「アトラス、これはプロメテウスの火と言って、あなたの言うオリハルコンがもたらした力です。もう直ぐ星が落ちて来て、この都市を全て焼き尽くすでしょう。この力を誤った方向に使えばとんでもない災いが起こるということです。だから、私とあなたはここでその罪を償いましょう」

エヴァはアトラスを抱きしめてそう言うと、エウエノルのほうを微笑みながら振り返り、手を差し出しエウエノルを息子のところへ導いた。

「プロメテウスの火……？　星が落ちて来て全てを焼き尽くすだと……？」

エウエノルは二人に近づき手をそっと差し出すと、アトラスを抱きしめるエヴァの手に添えた。

「アトラス……。三人一緒……。いつも夢に見ていた……。三人一緒になること……」

エウエノルの目からは涙が溢れていた。三人の上の空には、三つに別れた小惑星がものすごい勢いでアトランティスめがけて近づいていていた。

そして数秒後、ものすごい轟音を立てて直径一〇〇メートルほどもある小惑星が、アトランティスの中心アクロポリスに衝突した。この衝突でイベリア半島西部において大きな爆発が起こり、空にキノコ雲が立ち上がった。

そして残りの小惑星の一つがアトランティスの西岸の大西洋に、もう一つが地中海のジブラルタル海峡の東へ落ちていった。すると海に大きな穴が開き海水が湧き上がると、一〇〇メートル以上にもなる大津波が陸地にめがけて押し寄せたのであった。

一つ目の小惑星の衝突で、アトランティスの中心アクロポリスは跡形もなく吹き飛んでしまい、次に海から押し寄せる大津波がアトランティのすべてを呑み込んでしまった。

プラトンの記述にあるアトランティスが度重なる大地震と大洪水によって、地中・海中に失われてしまったのは、カインの装置が星（小惑星）を動かして、イベリア半島の大西洋沖に落下させたことによる大津波が、アトラスの築いた帝国を崩壊させたことを伝えているのであった。

地中海に落ちた小惑星も大津波もたらした。エジプトのモニュメントにも津波が到達してモニュメントの下段に海水が打ち寄せた。カインとルルワはモニュメントの上段に居て、その大災害を見ていた。二人の顔には事を成し遂げた達成感は感じられなかった。ルルワはただエヴァの身を案じていたのだった。

「カイン兄さん、プロメテウスの火の力がこれほどのものとは想像もつきませんでした。母さんは大丈夫でしょうか？」

ルルワは、泣きながらカインにすがった。

「ルルワ、私もこれほどまでにものすごいものだとは、正直言って考えてはいなかった。今、ロキが西に飛び母さんの消息を調べに行ってくれている。その帰りを待とうじゃないか」

カインはそう言うと、優しくルルワの肩を抱き励ましの言葉をかけたのだった。

プロメテウスの火の力による小惑星衝突がもたらし災害は、イベリア半島西側に直撃した衝突では、その地域一帯の陸地に生息する動植物のほとんどすべてを絶滅させた。また、大西洋側と地中海に落下したものにより発生した大津波は高さが一〇〇メートルを超え、陸の奥深くまで濁流となり押し寄せたのだった。

カインとルルワよりエヴァの探索と救出の命を受けたロキは、アクロポリスがあった周辺から帝国の全体までを、空からくまなく探索して来た結果、この災害により、アトランティスはその痕跡すら辿ることができないほど、徹底的に壊滅してしまったことがわかった。わずかに残ったものは、ヨーロッパ各地に残る巨石遺跡くらいであった。そして、ネアンデルタール人から変身した人狼とホモ・サピエンスから変身した吸血族のほとんどすべても、アクロポリスに集結していたため、生き残る者はいなかった。ただ、ほんの少数の地方部隊の者が災害を免れたが、この者たちもアベルのベルセルクとルルワのアマゾネスとによって、ほぼ全てが滅ぼされてしまったのだった。

カインとルルワは洪水が収まると、ロキとアマゾネスを伴いギリシアの家に戻った。家ではアベルが二人を待っていた。そして、エヴァの消息を真っ先に尋ねた。

「アベル様、このロキが、エヴァ様が最後におられたアトランティスの中心アクロポリス一帯を調べて参りましたが、残念ながら見つけることはできませんでした。申し訳ございません」

ロキはそう言うと、深々と頭を下げた。

「いや、アベル、母さんは僕たちのこのモノリスの中に生きているよ。母さんの生命は永遠だからね」

カインがそう言うと、ルルワとアベルは涙を流しながら、胸から下げたモノリスの袋を握りしめた。

そして、三人はお互いに手を取り合って抱き合ったのだった。

アトランティス帝国の滅亡により、エヴァはアトラスとエウエノルと一緒に冥府へ旅立った。しかし三人の魂の行き先は同じではなかった。エヴァとアトラスはそれぞれが「神話」となり、神々の戦いの物語を繰り広げることになるのである。その代表的なものが、ギリシア神話の大戦争「ティタノマキア」であり、北欧神話の最終戦争「ラグナロク」である。

中国の道教の創世記では、遥か昔に「無」より生じた「一」が陰と陽の「二」となり、さらに混洞太無元、赤混太無元、冥寂玄通元の三つの「三清」に分かれた。そしてこれらは「三元」とも呼ばれ、それぞれから天宝君（元始天尊）、霊宝君（霊宝天尊）、神宝君（太上老君）が化生したとされている。

ラグナロクは最終戦争を意味する。この世界の始まりから定められた不可避の必然的な運命であり、神々と巨人族が最終戦争で殺し合って神々も巨人も死に絶えてしまう。つまり、陰と陽がせめぎ合うことで世界・宇宙も滅亡することで、再び「無」に帰するのである。

物語では神々の時代から古代の神話中に生きる人の世に移って行く。そして現代、戦いは神話からアッシャーとベルウェザーの戦いへと受け継がれる。

古代編

7　ストーンサークルの魔法陣

バタフライ効果

　ときは紀元前三〇〇〇年、ところはイングランド南部、夏草が茂る平原には環状列石が建ち並び、そこへ一羽のフクロウが飛び来てその中心に建つ巨石の上にとまった。日暮れ間近の太陽は列石が並ぶ東西線の西の彼方に沈みかかっていた。すると石の上のフクロウの姿がスッと消えると、石の後ろから一人の男が現れた。

「この世界に存在するすべてを知るアトラス様、あの忌まわしいプロメテウスの火から、ようやく七〇〇〇年のときが過ぎ去りました。あなた様の霊が混沌（カオス）から予言された約束の時と約束の場所にて、全ての準備が整っております」

　男は沈み行く太陽に向かってそう呟きながら膝をついて深々と頭を下げた。そして男は続けて呟いた。

「この世界のあらゆる現象は、ある力に従っている。私はあの日、空から星が落ちて来たことでその力の存在を知ったのだ。このような決定論的力に基づく法則から、未来の状態を予測するには、その系の初期状態（初期値）に戻すことが必要となるはずだ」

ある系において、初期状態に存在する差が時間経過に従って指数関数的増加を起こし、無視できないほど大きな差を生むとき、その系は初期値鋭敏性を有するという。この初期値鋭敏性の寓意的な言い換えをバタフライ効果という。混沌から男に送られた予言では、七〇〇〇年のときをかけたバタフライ効果が必要であった。

男の名はエウメロスという。エウメロスは、かつてアトラスに導かれてアトランティス帝国の一翼を担った者で、ある力とは、アトラスが求めたオリハルコン（モノリス）の力であった。

世界に存在する全物質の位置と運動量を知ることができるような知性が存在すると仮定すれば、その存在は、古典物理学を用いれば、これらの原子の時間発展を計算することができるだろうから、その先の世界がどのようになるかを完全に知ることができるであろうことを、十八世紀のフランスの数学者・物理学者・天文学者ピエール＝シモン・ラプラスは考えた。そしてこの架空の超越的な存在の概念を、ラプラス自身はただ「知性」と呼んだ。

「全てを知っており、未来も予見している知性」については、遙か昔から人類は意識しており、通常それは「神」と呼ばれている。「全知の神」と形容されることもある。そのような存在については、様々な文化において考察されてきた歴史があるが、ヨーロッパの学問の伝統においては、特にキリスト教神学やスコラ学が行っていた。デュ・ボワ＝レーモンはそのような学問の伝統を意識しつつ、あえて「神」という語を「霊」という言葉に置き換えて表現している。

最後の氷河期が終わり、徐々に温暖な気候となったイングランド南部では、夏至の日の出を明日に控えた日暮れに、草原を吹き渡る風は心地よく、空には満月が青白く輝き出していた。エウメロスはこの巨石遺跡を魔法陣にすることで、混沌から悪魔を蘇らせようとしていたのであった。

ストーンヘンジ

イングランド南部、ローマ人がソルヴィオドゥナムと呼んだ地（現ソールズベリー地区）から北西に十三キロメートル程にそのストーンサークルはある。ヨーロッパにある巨石遺跡は、アトランティス文明の影響を受けた古代イベリア族が各地に暮らす原住民に伝えたものであるが、現在、ストーンヘンジと呼ばれるこのストーンサークルは、一般にはこの地で暮らしていたケルト人によって造られたと言われている。

そのケルト人は、紀元前三〇〇〇年から二六〇〇年の間にこの巨石遺跡を築いたと考えられている。ストーンヘンジは、はじめに直径一一五ｍほどの円形の土塁（ヘンジ）が築かれ、ヘンジの外側には北東に伸びる二本の並行する土手に挟まれたアヴェニューと呼ばれる道が築かれ、高さ六メートルのヒールストーンが建てられた。

そして数百年のときをかけてヘンジの内側には二重のストーンサークルとしてステーションストー

ンが建てられた。またステーションストーンの中央部には、祭壇石のアルターストーンが建てられた。

ストーンヘンジ復元図

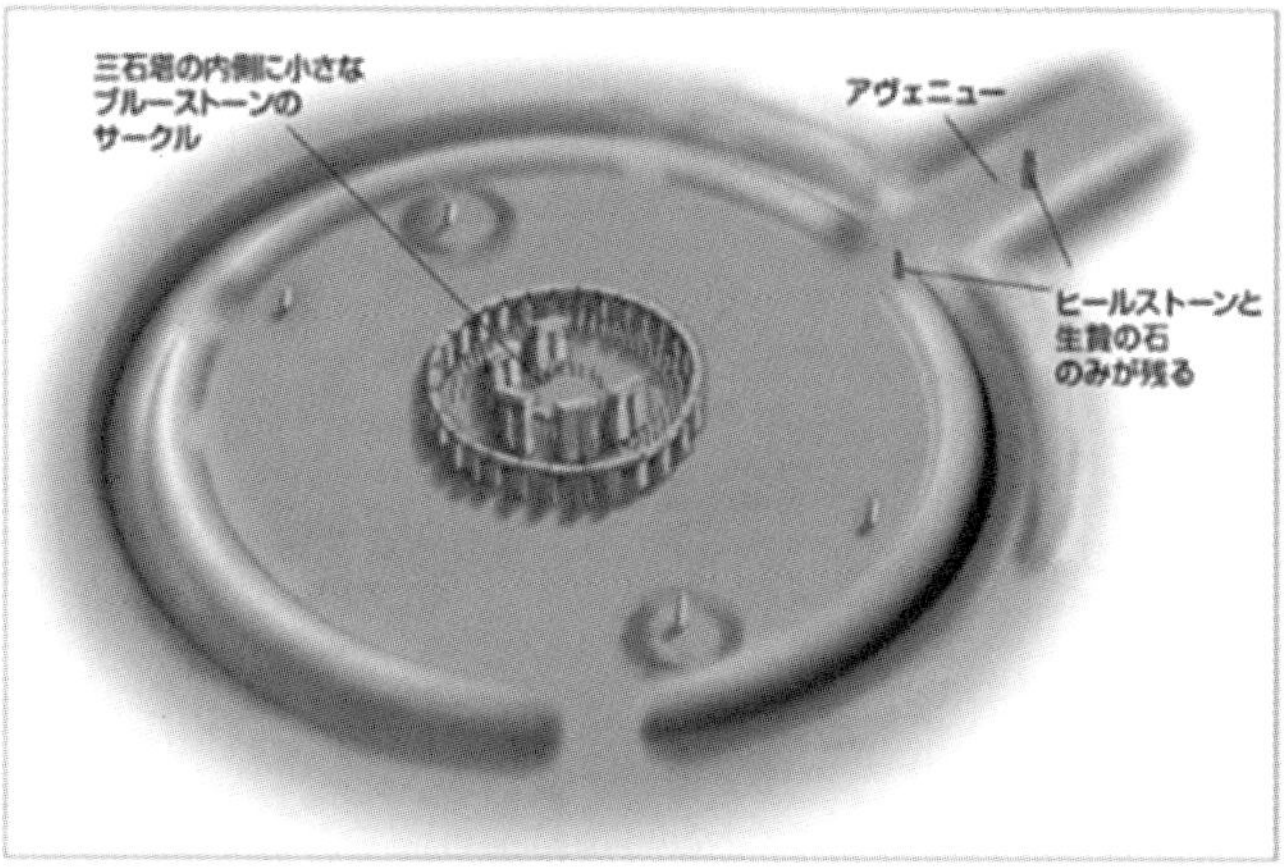

（出典：山田英春（2006）『巨石：イギリス・アイルランドの古代を歩く』早川書房）

ストーンヘンジには、太陽の動きを観測する仕組みが施されている。一年で最も昼が長い夏至のときに、太陽はヒールストーンの付近から昇り、中心のアルターストーンに向かって朝日が直線的に差し込む。そして冬至のときには、同じラインの反対の端が日没の方向となる。つまり、冬至の日没に向かって配置されているとも言え、ストーンヘンジは夏の日の出と冬の日の入りを見通すことができるわけである。

そのためストーンヘンジは北東~南西に向いており、至点と昼夜平分点に特段の重要性が置かれたのだと考えられている。

例えば、夏至の朝には太陽はヒールストーンの付近から昇り、太陽の最初の光線は馬蹄形の配置の中にある遺跡の中央に直接当たる。このような配置は単なる偶然では起こりえない。

日はとっぷりと暮れて、巨石遺跡の上には銀河の星々が輝きを増していた。その星空を仰ぎ見ていたエウメロスは、何かに納得したように頷き、声を出して次のように呼びかけた。

「エラシッポス、メストル、北西南東の陣の準備を始めろ！　アザエス、ディアプレペス、北東南西の軸の準備を始めろ！」

エウメロスが指示を出すと、石の陰から四人の男が現れた。そして四人は指示された方位それぞれの持ち場に分かれると、地面に施された直径二メートル程の円内に、袋から取り出したものの数を確かめるように置いていった。男たちが置いていったのは血が滴り落ちる人の心臓であった。

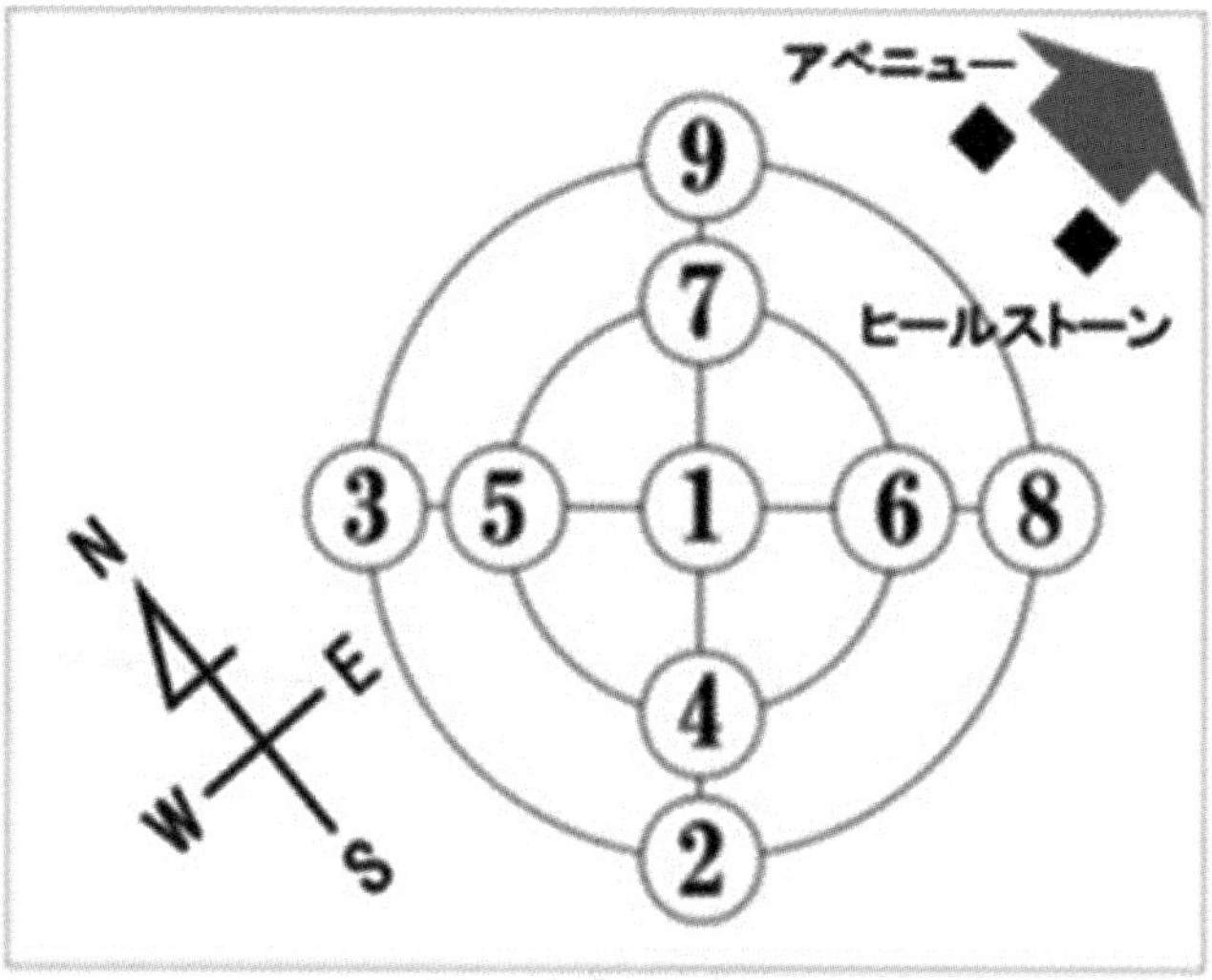

円陣と呼ばれる魔法陣になったストーンヘンジ

（出典：著者作成）

3＋5＋6＋8
＝9＋7＋4＋2
＝9＋3＋2＋8
＝7＋5＋4＋6
＝22

西北を担当するエラシッポスは、二つの円の左側に三つ、右側に五つを置いた。東南を担当するメストルは、二つの円の左側に六つ、右側に八つを置いた。そして北東を担当するアザエスは、二つの円の上側に九つ、下側に七つを置いた。南西を担当するディアプレペスは、二つの円の上側に四つ、下側に二つを置いた。そして最後にエウメロスがアルターストーンの上に一つの心臓を置いた。

巨石遺跡の中に施されたものは円陣と言って、東西南北の軸に置かれた心臓の数を中心に置かれた一つを除いて足し合わせた数が同じになり、また外周の四つの円に置かれた数と内周の四つの円に置かれた数を足し合わせたのも同じになるというものであった。計算式に表すと「22」になる。

この「22」という数字は、2が二つ並ぶことで混沌からの声に気づくことを意味する。同じ数字が並ぶのを見るのは、決して偶然ではない。普段の生活の中でも「11：11」などの時間や「¥777」などの物の値段などを見かけることはあるが、気づかずやり過ごすことが多い。

実は、この現象には大きな意味やメッセージがあり、時として重要なことを伝えてくれていることもある。そしてこの「22」の数字は、大事な人との関わり思い起こさせることを伝えるものである。

エウメロスは円陣を完成させると夜明けを待った。

ネクロマンシー

しばらくすると東の空が徐々に明るくなりだした。エウメロスは円陣中央のアルターストーンの前で、そして他の四人はそれぞれの持ち場に立ち東の空に太陽が昇るのを待った。

　実はエウメロスを含めた巨石遺跡に集まった五人は、太陽の光に長時間晒されることには不慣れであったが、この時ばかりは太陽の光を身体に浴びることをひたすらに待ち望んだのだった。

　そして東の地平線、ヒールストーンの間に夏至の日の出が登り始めた。エウメロスたち五人の顔には朝日があたり輝いているようにも見える。エウメロスたちは、普段は夜に活動しているため青白い顔色であるが、その顔にオレンジ色の朝日があたり頬は紅潮しているかのように赤く輝いていた。そしてエウメロスの目には、七〇〇〇年のときを待った達成感が満ちあふれているように見えた。

　五人はしばらくの間身動きもしないで太陽が東の空に昇るのを見ていた。するとサークルの東に建つ二本の巨石であるヒールストーンの間に、姿が判明しない二人の人影が現れた。一人はがっしりした体躯の男で、もう一人は少年のような影であった。

　そしてその影を見たエウメロスを除く四人は、一様に歓声をあげた。エウメロスは中央の祭壇石から駆け下り、二人の影に向かって走り寄った。

「アトラス様、お待ちしておりました。よくぞお戻りくださいました」

　エウメロスは二人の影の前に跪いて深々と頭を下げて恭順の意を示した。しかし、二人の影からはなんの反応も示されなかった。ただ子供の影が立っていた所には、動物の皮でできた小さな袋が置かれていた。するとエウメロスは素早くその袋を取り懐中にしまった。

「エウメロス様、我らはこれより太陽の光の下でも活動することが考えられます。そのためには夜のフクロウより昼のハヤブサが相応しいかと思われます」

跪くエウメロスにアザエスが後ろから声を掛けた。アザエスはエウメロスの弟でディアプレペスとは双子の兄弟であった。

「アザエスよ、お前の言う通りだ。これより我らはフクロウからハヤブサに変身することにしよう。アトラス様より目的のモノはもたらされた。よって次に目指すべきはエジプトのモニュメントだ。アトランティスを滅ぼしたあのモニュメントをカインから奪うことから始めようぞ！　は！　は！　は！」

エウメロスはそう言うと立ち上り、二人の影の前に再び跪いて頭を下げて何かを呟きだした。すると二人の影の子供と思われる方の顔の辺りで二つの目のようなものが光った。

しばらくしてその光が消えると、エウメロスはハヤブサに変身して空に飛び立った。

すると、それを見ていたアザエスとディアプレペス、エラシッポスとメストルも同じようにハヤブサに変身してエウメロスの後に続いたのだった。

太陽神ラーとホルス

カインは、一万二〇〇〇年前に「プロメテウスの火」によりアトランティス帝国を滅ぼしてからは、エジプトのギザの台地に築いたモニュメントを先住民族に委ねてエジプトを去った。そして、アラビア半島から中東西アジアを巡りながら、この地域のケルベロス軍団の残党のバンパイアを完全に滅ぼしていった。

カインの功績は、エジプトからアラビア半島、中東西アジア各地において神話となり、エジプトでは太陽神ラーとして崇められることになった。太陽神ラーは古代エジプト宗教における原初の神で、神々や人間を含む万物の創造者であり、生命や作物の源泉とされる。またバビロニアでは、神々の指導者マルドゥク（Marduk）として崇められた。

マルドゥクの力は強大で、「最も険しい山をも潰滅させ」、「海の波を狂ったように掻き立てる」と表され、優れた能力を誇るが故に傲慢さを持ち合わせるが、一方では知恵者で非常に勇敢な神でもあったという。そしてマルドゥクの胸に下げられた天命の粘土板「トゥプシマティ」こそが、不思議な力を持つモノリスであった。

カインが去ったエジプトでは、少数の部族が太陽神ラーを崇めることで、平和に暮らしていた。そして紀元前三〇〇〇年頃、エジプトでは各地の部族を統一した初めての王朝が現れる。王朝の創始者の名前はナルメールといった。ナルメールはホルス神の化身として描かれている。

ホルス(Horus)は、エジプト神話における天空の神である。ホルスはハヤブサの頭を持つ太陽神ラーの息子であり、オシリスとイシスの息子でもあった。この二つはやがて同一視され習合されたものだとされている。そのためホルスもハヤブサの頭を持ち太陽と月の両目を持つ成人男性として表現される。

エウメロスは太陽神ラーの後を継ぐ者として、カインが紡いだ神話を引き継ぐことで、エジプトの地を手中におさめたのであった。エウメロスがホルス神となったエジプトでは、次のような神話が生まれた。

「地域ごとに信仰していた別々の神様は実は同じ神様で姿かたちを変えているだけという考えを基に、ばらばらだった神様が一つの神様としてまとまりだした。まとめていく中で、創造神アトゥム＝太陽神ラーという考えにいきつく」

この太陽神ラーはカインがモデルとなっている。

「創造神アトゥムからは、男性の神シュウ（大気の神）と女性の神テフヌト（湿気の神）を生まれる。シュウは空気を作り、生命に息吹を与える神様であったが、その他に『空を支える』という大事な仕事があった。次にシュウとテフヌトからは、ゲブ（大地の神）とヌト（天空の神）が生まれた」

こうして大気と湿気ができ、天空と大地が生まれ、そこに太陽が通るという世界が始まるのである。

「世界が始まったエジプトでは、ゲブとヌトに長男オシリス、長女イシス、次男セト、次女ネフティス四人の子供が生まれる。そして長男のオシリスがエジプトで最初のファラオ＝王となった」

この最初のファラオのオシリスがアトラスで、オシリスの妻はエヴァであった。エジプト神話では、オシリスは弟のセトに殺されるが、イシスが冥界の神アヌビスに頼みオシリスを蘇らせて、息子のホルスを生みやがてホルスはセトに復讐する。オシリスは冥界の王となるのであった。

こうしたエジプト神話をつくることによって第一代ファラオのナルメールとなったエウメロスは、

下エジプトを征服してエジプトを統一した後、リビアやパレスチナ方面にまで遠征を行いカインのモノリスを求めたが、その足跡すら得られなかった。そしてエウメロスはホルス神として、影で歴代のファラオを操ることでエジプトを支配し、何百年にも渡ってモノリスを探していたが、ギザの台地に建つ大ピラミッドにもその痕跡を見つけることができないでいた。

するとそこへ一五〇〇年ぶりに、弟のアザエスが地中海世界でのモノリス探索の状況について報告にやって来た。

「エウメロス様、いえ、天空の神ホルス神であるナルメール様、エジプトはその歴史も含めて完全に我らのものとなりました。これであの忌まわしいプロメテウスの火を起こした『メール』も我らのものとなり、それをつくったのもエウメロス様の功績となったのです」

アザエスは、エジプトホルス神で第一代ファラオとなりエジプトの歴代のファラオを支配するエウメロスを讃えた。ギザの台地に建つ大ピラミッドは、古代エジプト語では「昇る」という意味の「メール」という語で呼ばれていた。

「アザエスよ、このメールはオリハルコンの力がなければただの石の塊にすぎん。我らが星の力を手に入れるには、カインとアベルが持つあのオリハルコン（モノリス）を手に入れなくてはならぬ。そしてそのためにはバルカン半島から海を渡り、アラビア半島、中東西アジアにも我らの国をつくるのだ」

エウメロス（ナルメール）は、エジプトのみならず地中海世界を再び征服する野望を弟に示した。

「ナルメール様、既に準備は始まっております。私はエトルリアで、あなた様のもう一人の弟のディアプレペスはエーゲ海バルカン半島で、エラシッポスはアナトリアで、そしてメストルはパレスチナで、それぞれの進撃を始めております」

アザエスはナルメールの前で跪いて応えた。アザエスとディアプレペスの双子の兄弟は、エヴァの一家が神格化されたギリシアを攻めて、既にアカイア人の国をつくっていた。

エウメロスの配下の四人は、「海の民」として、東ヨーロッパ、地中海オリエント世界を次々と征服していったのであった。そしてこの「海の民」による地中海世界への侵攻活動は、紀元前一二〇〇年前後に始まり、初期の活動は東地中海のエーゲ海周辺を中心に行われていたが、当時、この地域を支配していた古代ギリシア文明はミケーネ文明であった。

またエーゲ海バルカン半島地域では、ミケーネ文明に先立つミノア文明があり、ギリシア神話として知られる神々と英雄たちの物語が語り継がれていたが、物語の始まりは、およそ紀元前十五世紀頃に遡ると考えられており、カオスから誕生した大地の女神エヴァは、やがて女神「ヘラ」としてすべての部族の信仰の対象となっていた。

そしてエヴァの娘ルルワは、女神「イリス」としてエヴァの言葉をヒトに伝えた。エヴァの息子カインは、「プロメテウス」としてヒトに技術を伝え、アベルはその弟「エピメテウス」としてヒトにエルピス（希望）を伝えたのだった。

モノリスを持つエヴァは、プロメテウスの火によるアトランティス帝国滅亡のときに、アトラスと

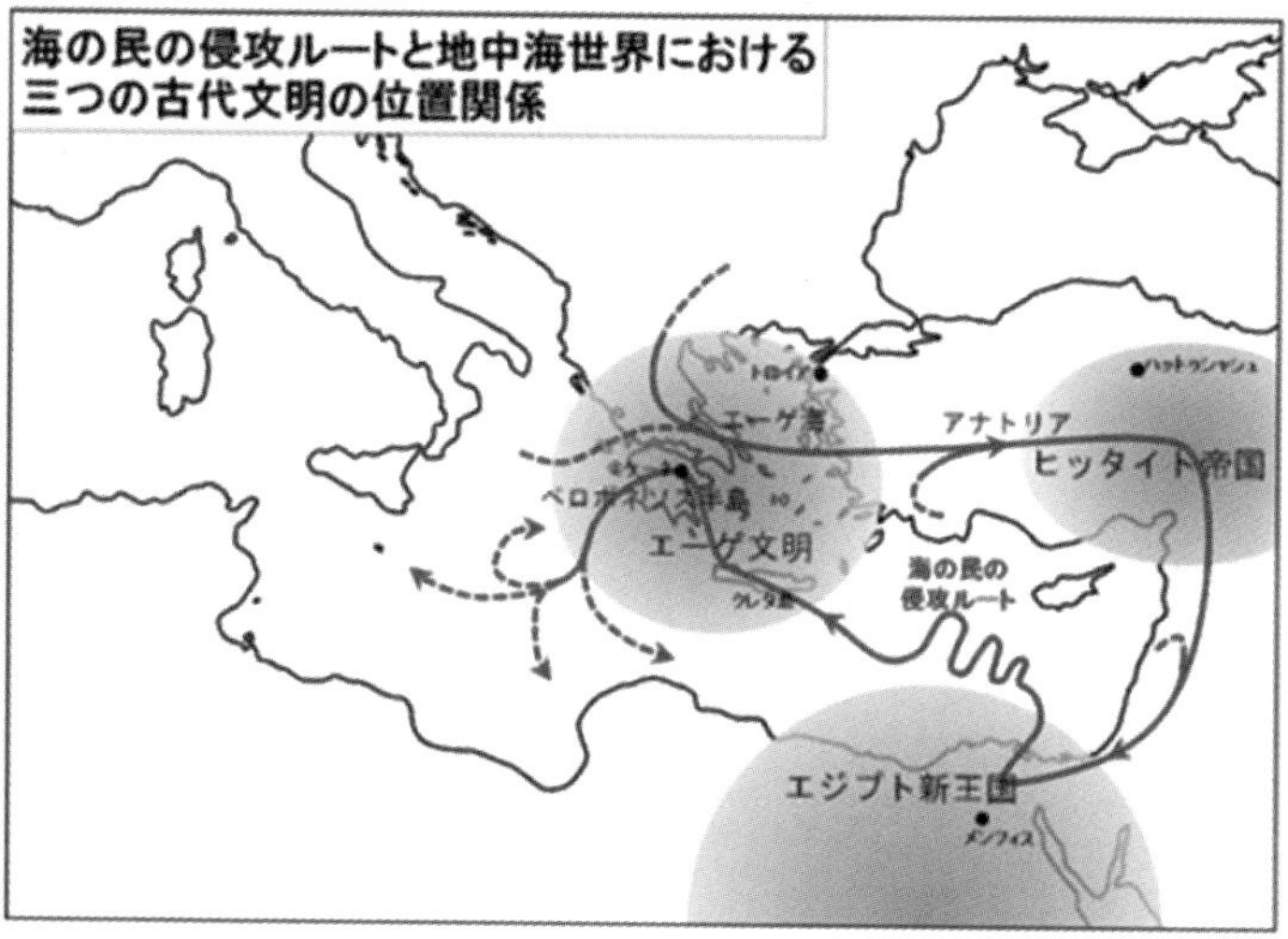

（出典:TANTANの雑学と哲学の小部屋）

ともにその姿を消してしまった。そのため残るモノリスは、カインとアベルが持つ二つであるため、エウメロスは配下に先ずギリシアを攻めさせたのであった。

しかし、プロメテウスの火以後カインとアベル、そしてルルワは姿を隠してしまったため、モノリスを奪うことはできずにいたのだった。そしてカナーンの地では、カインが一神教ヤハウェとして、モーセにモノリスを入れた「契約の箱」を渡すことになるのであった。

8 モーゼと契約の箱

ヤハウェに導かれたモーゼ

ときは紀元前一三〇〇年頃、エジプト第十九王朝第三代の王ラメセス二世は、父王セティとの共同統治を経て、パレスチナ地域の帰属をヒッタイト帝国のムワタリ二世などとカデシュの戦いなどの数々のいくさで争い、エジプト各地に神と自身の業績をたたえる数多くの巨大建造物を築いていた。

ラメセス二世は、積極的な外征を行い、ヌビアやリビュア、そしてアジアなどにおいてエジプト新王国の勢力圏を延ばしていた。またラムセス二世は、当時の首都テーベに代わる新首都「ペル・ラムセス（Pi-Ramesses）」を作らせた。名前は「ラムセス市」を意味する。ペル・ラムセスはナイルデルタ地域に建てられた。

この時代、カナーンの地で起きた大飢饉を逃れてエジプトに移住していた古代イスラエルの民は、エジプトではヘブライ人と呼ばれ奴隷生活を送っていた。そしてラメセス二世は、ヘブライ人が増えすぎることを懸念し、ヘブライ人の男児を殺すよう命令していた。

そして、この時代のペル・ラムセスにおいて、ヘブライ人のレビ族のアムラムとヨケベドとの間に一人の男の子が産まれた。しかしアムラムとヨケベドには、既にアロンという男の子とミリアムという女の子がいたため、一家は産まれた男の子をしばらく隠して育てていたが、やがて隠し切れなくなってしまった。

するとそこへイスラエルの民の唯一神ヤハウェ（カイン）が現れ、赤子をパピルスの籠に乗せてナイル川に流すよう夫婦に伝えた。またヤファエは男の子の姉ミリアムに、王宮の王女が赤子を授かるので、その乳母として母ヨケヘドを出仕させるよう取り計らうことを命じた。

そしてヤハウェの予言した通り、ナイル川でラメセス二世の第七王女ヘヌタウェイが水浴びしていたときに、パピルスの籠に乗った赤子が流れて来たので、ヘヌタウェイは籠から赤子を拾い自分の子として育てることとなった。

赤子の名は水からひきあげたので、マーシャー（ヘブライ語で「引き上げる」の意味）にちなんで「モーセ（Moses）」と名づけられた。そして母ヨケヘドが乳母としてヘヌタウェイに雇われることになった。

成長したモーセは、あるとき同胞であるヘブライ人がエジプト人に虐待されているのを見て、ヘブライ人を助けようとしたが、はからずもエジプト人を殺してしまった。そしてこれがラメセス二世の知るところとなり、死刑を宣告されたモーセは、エジプトを逃れてミディアンの地（アラビア半島）に隠れた。

モーセはミディアンで、ツィポラという羊飼いの女性と結婚し、羊飼いとして暮らしていたが、ある日モーセが柴を燃やしていると、燃える柴の中からヤハウェ（カイン）が現れた。

「モーセよ。お前はヒトの世を救う使命をもって生まれてきた者である」

カインはモーセに使命を伝えるために数千年ぶりに姿を現した。

「あなたは何者でしょうか？」

モーセは驚いてカインに尋ねると、カインはみずからを「私はある者」と名乗った。そしてエジプトで奴隷として暮らすイスラエルの民を約束の地（聖書中では「乳と蜜の流れる地」と言われている現在のパレスチナ周辺）へと導く使命を授けた。またこのときカインは、モーセに三つの「しるし」を与えた。

三つの「しるし」とは、モーセがイスラエルの民を導くためのしるしとされる。

それは、「杖が蛇になる」「手が癩病（レプラ）で雪のように白くなる」「ナイル川の水が血に変わる」というものであった。

出エジプト

モーセはヤハウェから授かった使命を果たすためにエジプトに戻った。モーセはペル・ラムセスにおいて育ての母である王女ヘヌタウェイに逢い、イスラエルの民の神の宣託を受けたことを義母に話して、ファラオとの謁見を頼んだ。

ヘヌタウェイはモーセの話を理解し、父ファラオとの謁見を取り計らったため、モーセは兄アロンとともにラメセス二世に会うことができた。そこでモーセは、エジプトで増えすぎるヘブライ人がエジプトから退去することの許しを求めた。そして、ファラオと居並ぶ重臣にそれは神により定められたことであると説明した。

このときモーセは、エジプトからのヘブライ人退去がイスラエルの民の神の指令であることを証明するために、ヤハウェから授かった「しるし」の一つ「杖が蛇になる」を使って自分の杖を蛇にして見せた。

しかしファラオの配下の魔術師たちも、その程度の不思議議を起こすことができたので、ラメセス二世は驚かなかった。その場では、アロンが持つ杖の蛇が、魔術師たちが出現させた蛇を食ってしまったことで、一応モーセは魔術師たちに勝つことができたが、ラメセス二世はモーセの申し出を拒絶し、ヘブライ人の出国許可を出さなかった。

そのためモーセは、ラメセス二世に次の謁見を申しいれた。そして今度はもう一つのしるし「ナイル川の水が血に変わる」を使うことにした。モーセは、これをはじめに「十の災い」がエジプトに降ることを予言してみせた。モーセが予言した「十の災い」とは次のようなものであった。

⑴ナイル川の水を血に変える
⑵蛙を放つ
⑶ぶよを放つ
⑷虻を放つ
⑸家畜に疫病を流行らせる
⑹腫れ物を生じさせる
⑺雹を降らせる
⑻蝗を放つ
⑼暗闇でエジプトを覆う
⑽長子を皆殺しにする

最後の「長子を皆殺しにする」では、ファラオの息子を含めてすべてのエジプトの初子が無差別に殺害された。ラメセス二世はここにいたって、ヘブライ人たちがエジプトから出ることを認めたのであった。

しかし、ギザの台地に建つクフ王の大ピラミッドの王の間でこの一連の様子を伺う目があった。ホルス神の姿をしたエウメロスであった。

「見つけたぞ……。ふ、ふ、ふ！」

エウメロスは歴代のファラオの目を通して、現世の様子をみることができた。そして最大の目的であるモノリス探索の情報を得ていた。

「この男こそが、カインの後継者である。したがってオリハルコン（モノリス）はこの男が持っているに違いない。は！　は！　は！」

大ピラミッドの石で囲まれた王の間にエウメロスの不敵な笑い声が響き渡った。


紀元前一二三〇年頃、モーセはエジプトで奴隷生活を送っていたヘブライ人を連れて神ヤハウェ（カイン）が示した約束の土地に向けて出発する準備を進めていた。しかしここで、モーセの存在に気づいたエウメロスは、ギザの台地に建つ大ピラミッドからラメセス二世に次のような指令を送った。

「ラメセス、ヘブライ人をエジプトから出すことは、全能の神ホルスの導きに反する行為である。よいか、モーセを捉えてギザの台地に建つクフ王の陵に連れて来るのだ」

モーセが示した「十の災い」を信じて、一旦はヘブライ人の出エジプトを認めたラメセス二世であったが、エジプトの守護神ホルスからの指令は絶対的なものであった。

モーセは、壮年男子だけで六十万というヘブライ人を連れてエジプトを出発した。その際、モーセは行程が平坦なペリシテ街道には向かわず、葦の海（紅海）に通じる荒れ野の道を通ることにした。これはヤハウェから予めファラオによる妨害が忠告されていたためであった。

しかして心変わりしたラメセス二世は、ペリシテ街道において戦車と騎兵からなる軍勢を準備してモーセを捕えようとしたが、ヘブライ人の一行のルートが違うことを知ったラメセス二世は、戦車六〇〇台をえりぬき、自ら軍勢を率いて奴隷たちのあとを追った。

エジプト軍が間近に迫っていたとき、ヘブライ人の多くは最早逃げ場のないところに来ているのに気づいた。そしてモーセたちは、葦の海に追い詰められ、絶体絶命の状況に陥ってしまった。この窮地に立たされたヘブライ人の一行の中からは、奴隷的な状態のままであってもエジプトにいたほうがよかったと不平をもらす者もいた。

そこでモーセが手にもっていた杖を振り上げると、葦の海で水が割れて道ができ、ヘブライ人たちは渡ることができた。そして後を追って、ヘブライ人たちを捕えるため葦の海を渡ろうとしたファラオの軍勢は、割れた水が元に戻ったために、海に沈んでしまったのであった。

カインはエジプトでは諸元の神ラーとして人々に祀られていたが、エウメロスがホルス神として巧みにエジプトの主神の座を奪ってしまっていた。そのためカインは、エジプトを離れアラビア半島、中東西アジア各地において、バビロニアでは神々の指導者マルドゥク、カナーンの地では一神教ヤハウェとして神格化されながらも、エジプトにおけるエウメロスの動きや、地中海オリエント世界における「海の民」の不穏な動きを早くから気づいており、新たな戦いが始まっていることに対処する方策を準備していた。

ただ一万年前のように、自分やアベルが姿を現すことでエウメロスたちに立ち向かうには、既に世界各地でヒトの社会が成立していたため、大きな混乱を引き起こすことになると考えていた。

そのためカインは、自分の意思を継ぐ者を探していた。そしてカインに導かれることになったのがモーセであった。そして、やがてモーセの一行がシナイ山に近づくと、カインはモーセに呼び掛けた。

「モーセよ、よくぞここまで来た。これよりお前は一人でシナイ山に登って来なさい。私はお前に渡すものがある」

モーセがシナイ山に登ると、カインはヤハウェの姿で山上に現れた。そしてカインはモーセに「十戒《じっかい》」を受けることで、ヘブライ人と契約を交わした。カインが授けた「十戒」とは、ヒトが正しく生きるための指針を示したものである。

契約の箱

カインは、エウメロスがエジプトのホルス神となりファラオを操ることで、ヒトの社会を支配することを食い止めなければならないと考えていた。そのためには、ヘブライ人に自分たちの唯一神ヤハウェを信じさせる必要があったのである。

カインは二枚の石版をモーセに授けた。一枚は戒律が書かれた大きめのものであったが、もう一枚には何も書かれていない小さな石版であった。そしてカインはその大きいほうの石版を皆に見せた後に割ることと、小さいほうの石版はけっして誰にも渡してはいけないことをモーセに伝えた。その小さい石版は、モノリスであった。

モーセは、カインから授かった石版を「契約の箱」に入れた。契約の箱とは、アカシアの木で作られたもので、長さ一三〇センチメートル、幅と高さがそれぞれ八十センチメートル、装飾が施され地面に直接触れないよう、箱の下部四隅に脚が付けられていた。

そして持ち運びの際、箱に手が触れないよう二本の棒が取り付けられ、これら全てが純金で覆われていた。そして箱の上部には、金の打物造りによる智天使(cherubim ケルビム)二体が乗せられていた。

モーセの契約の箱のイメージ

モーセは石版を入れた「契約の箱」を先頭にシナイ山を出発し、約束の地を目指してカナーンを進んだ。しかし、エウメロスの呪詛は既にヘブライ人の中にも浸透していたため、行程途上では不平を言う民がいたり、モーセとアロンへの反逆が行われたりした。そのため、エウメロスによる支配を断ち切るために、カインはニーズヘッグというドラゴンを送りその者たちを排除した。

ニーズヘッグとは、世界樹ユグドラシルの根の最も深い氷の世界にあるフヴェルゲルミルという泉に棲むドラゴンで、カインの弟アベルから送られたものであった。そしてニーズヘッグは悪霊を喰うドラゴンで、エウメロスに支配された者を次々と呑み込んでしまった。

エウメロスによる支配から解放された人々はモーセに謝罪した。そして心の闇とし残るホルス神の呪縛を解くことを懇願した者には、カインは「青銅の蛇」をモーセに送って対処させた。この青銅の蛇に触れた者は、悪しきものを身体から追い払うことができた。モーセはそれを示してヘブライの人々を救ったのだった。

約束の地カナーンまであと少しという所までたどり着いたモーセたち一行であったが、ここに来てモーセは寿命を迎えるのであった。モーセは、ヨルダン川の手前でピスガ山の頂ネボ山に登り、約束された国を目にしながらこの世を去った。カインはモーセにモノリスを与えたが、永遠の命は授けなかった。それでもモーセは一二〇歳まで生きた。

モーセはモアブの谷に葬られたが、その場所は誰も知らないとされている。モーセの死後、その従者であったヌンの子ヨシュアが後継者となり、イスラエルの民を導いた。カインはモーセの後継者ヨシュアの前にヤハウェとして現れ次のように言った。

「私の僕であったモーセは死んだ。今、お前はこの民すべてと共に立ってヨルダン川を渡り、私がヘブライの人々に与えようとしている土地に行きなさい。モーセに告げたとおり、私はお前たちの足の裏が踏む所をすべてお前たちに与える。荒れ野からレバノン山を越え、あの大河ユーフラテスまで、ヘト人の全地を含み、太陽の沈む大海に至るまでが、お前たちの領土となるであろう。一生の間、お前の行く手に立ちはだかる者はない。私はモーセと共にいたように、お前と共にいる。お前を見放すことも、見捨てることもない。強く、雄々しくあれ。お前は、私が先祖たちに与えると誓った土地を、この民に継がせる者である」

モーセの死後、ヨシュアはモーセに代わってヤハウェに従順なヘブライ人を導き、カナーンの人々と戦いを繰り返した。ヨシュアはアモリ人らを撃ち、全軍を滅ぼした。さらにミディアン人たちを撃つなど戦いを続けた。

そしてカナーンの各地を侵略、抵抗運動を粉砕して全カナーンを制圧したヨシュアは、レビ族を除くヘブライ人の十二族に、くじ引きによってカナーンの土地を分配したのであった。

ヨシュアもモーセと同じように長生きして、一一〇歳で亡くなるまでヤハウェの言葉を伝えた。ヨシュアは死の床でもイスラエルの民の代表者たちに神への信頼を説いた。代表者とは十二部族の代表者で士師といった。ヨシュアが死ぬとその遺体はティムナト・セラに埋葬された。ヨシュア亡き後は、士師達が古代イスラエルの指導者的な立場を得る時代になるのであった。

紀元前十一世紀、後にエフライム族の士師としてイスラエルの民を導くことになるサムエルを養育した大祭司エリの時代に、イスラエルは宿敵ペリシテ人とのアペクでの戦いに惨敗し、契約の箱も奪われてしまった。この戦いでエリの二人の息子も殺され、それを聞いたエリもショックで倒れて死亡してしまった。

サムエルはイスラエルの民に、他の神々を捨て去り一心に主神ヤハウェに仕え立ち返るなら、主はペリシテ人から救って下さると説き、皆を集めて祈った。そこにペリシテ人が攻めてくるが、カインが起こした雷が敵の上に轟くと、ペリシテ人は恐れて逃げて行ってしまった。

こうしてサムエルは、イスラエルの指導者としての地位は確立した。そしてペリシテ人によって奪われた契約の箱は、ペリシテ人に更なる災厄が襲ったため、彼らはこの箱をイスラエルの民に送り返したのであった。

やがてサムエルは、ペリシテ人との戦いに敗れて自死することになるが、サムエルはダビデを次の王位に指名していた。ダビデは、ペリシテ最強の戦士ゴリアテを倒してペリシテ軍を撃破するなど、イスラエルの民の人気もあった。

王となったダビデは、要害の地エルサレムに都を置いて全イスラエルの王となり、四十年間王としてイスラエルの民を導いたが、この間契約の箱もエルサレムの神殿に置かれた。そして、ダビデを継いだイスラエル第三代王ソロモンの時代以降は、エルサレム神殿の至聖所に安置されることになった。

悪魔を使役した魔術師ソロモン

古代イスラエルのソロモンは、国王ダビデの息子で、ダビデの後を継いで第三代の王になった。そのため、最初はヘブライの唯一神ヤハウェの声を聞く者であった。父王ダビデは軍人出身であり、イスラエルの国の困難な状況を軍事力で打開しようとしたが、王になったソロモンは、父とは反対に平和外交や経済強化策を進めることで問題解決にあたった。そのためソロモンが外国との貿易を推進したおかげで、イスラエル国は急速に豊かになっていった。

さらにソロモン王は外交政策の一環として、エジプト第二十一王朝のファラオのシアメンの娘をはじめ、多くの諸外国の女性と政略結婚を繰り返した。ソロモンの妻となったシアメンの娘とは、ホルス神エウメロスが送り込んだ者であった。エウメロスは、モーセの契約の箱がヨシュアからサムエルに、そしてダビデからソロモンに伝え渡されていると考えていたのだった。

ソロモンはエジプトから妻を娶るにあたってギブオンという町で盛大な捧げ物を行った。するとソロモンの前にエジプトのホルス神が現れ次のように言った。

「ソロモン、そなたの願うものを何でも与えよう」

するとソロモンは応えた。

「全てのことを知る知恵をください」

イスラエル王国第三代国王ソロモンが、偉大な王であり優れた知恵者であったという伝説は、古くから多くの人々によって語り継がれてきた。旧約聖書には、ソロモン王にまつわる記述がいくつも残されている。

それによると、ソロモン王は神から知恵と見識を授けられ、旧約聖書の「箴言《しんげん》」に収められている格言や歌を多数制作したと言われている。

またシバの女王がソロモン王を訪ねた時には、女王からの難しい質問全てに的確に答えたともいわれている。さらに一世紀のユダヤ人歴史家ヨセフスはソロモン王について、生涯で三〇〇〇冊もの本を書き残し、その中には多数の魔術書も含まれていたと述べている。


ソロモン王は、伝説の魔術師であり、魔術書『レメゲトン』によると指輪の力を使って72柱もの悪魔を使役したとされている。この魔術をソロモンに与えたのは、エジプトから嫁いでソロモンの妻となったシアメンの娘であった。

シアメンの娘は、エウメロスが用意した真鍮でできた壺をソロモンに渡した。そして、その中には72柱の悪魔が入っていて、悪魔の力を使って国を豊かにするようソロモンに助言した。一〜五世紀頃に書かれた『ソロモン王の遺言』という魔術書には、ソロモン王にまつわる次のようなエピソードが記されている。

「ある時、ソロモン王は聖なる神殿を建設しようとしたが、悪魔たちに邪魔され、なかなか建設作業が進まなかった。そこでソロモン王が神に祈ると、天使ミカエルが神から与えられた指輪を持って来た。真鍮と鉄でできたその指輪にはソロモン王の紋章が刻まれており、指にはめると悪魔を使役することができる不思議な力を持つものであった。ソロモン王は指輪の力を使って悪魔界の王ベルゼブブやアスモデウス、36デカンの悪魔といった多数の悪魔を支配下に置くと、彼らに神殿建設を手伝わせ、驚くべき速さで神殿を完成させたということである」

ソロモン王にまつわる伝説は、偉大な王であり優れた知恵者、優れた魔術師であったわけであるが、ソロモンのとった政策はイスラエルの民に必ずしも支持されていたわけではなかった。

神殿などの建設費を捻出するため、ソロモン王は国民に重税と労役を課し、民衆の反発をまねいたといわれている。

ソロモン王が紀元前九二五年に没すると、統一イスラエル王国は紀元前九三〇年頃に南北に分裂してしまった。南のユダ王国は、ユダ族とベニヤミン族から構成されており、北のイスラエル王国は、それ以外の十部族からなっていた。

しかし、アッシリア帝国が勃興する紀元前七二二年に、北のイスラエル王国は滅ぼされてしまった。

その後、ユダ王国は、アッシリアに服属する形で存続していたが、紀元前六〇九年にはエジプトの支配下に入り、紀元前五八六年に、ネブカドネツァルによって、エルサレム全体とエルサレム神殿が破壊され、支配者や貴族たちは首都バビロニアへと連行されることとなった（バビロン捕囚）。その際に、契約の箱の行方はわからなくなり、現在に至っている。

またソロモンは、神殿を完成させた後に悪魔の力を恐れ、彼らを真鍮でできた壺に封印すると、湖深くに沈めてしまった。ところが財宝の隠し場所だと勘違いした人々によって壺の封印は解かれ、悪魔は逃げ出してしまったのであった。

9　アッシャーとベルウェザー

闡教と截教を担う者

一万二〇〇〇年前、不思議な力を持つモノリスの争奪をめぐって母子であるエヴァとアトラスが戦い、伝説のアトランティス帝国は滅亡した。その後エヴァとアダムの子カインとアベル、そしてアトラスの妹のルルワは、新しくこの世界の盟主となった人類を、神話が伝える神として、モノリスの不思議な力とともに人々を導くことになった。

エヴァとルルワの神話はギリシアから地中海を渡り、ヤハウェとしてカインがモーゼに与えたモノリスを納めた契約の箱は、アラビア半島から黒海南岸を通りカスピ海南の中央アジアに至り、さらに東進して天山山脈の北回廊及び南回廊を通り中国に至るのであった。

そして中国では、アニミズム(精霊に対する信仰)として道教思想が生まれた。道教思想における「道」

とは、天地よりも先にあって、すべてのものを生み出す根源であり、人間の知恵を超えた世界を支配する根本原理とするものである。

またアニミズムは不老不死の神仙（仙人）が実在するという神仙思想を産んだ。そしてこの神仙には、人間からなった仙人や道士達からなる崑崙山の仙道「闡教」と、それ以外の動物や植物、森羅万象に由来する仙道「截教」とに二分された。

この対立軸では、カインたちの神話とエウメロスたちの神話が、闡教と截教とに別れて戦いを繰り広げるのである。闡教の道師は太公望姜子牙の縁に当たる蒼海君であった。蒼海君は代々滄海の戦士の長である。また闡教の道師には「蚩尤」が加わる。蚩尤とは『路史』において、姓は姜で炎帝神農氏の子孫であるとされ、これもまた姜子牙の姜姓を受け継ぐ者であった。

ヒッタイトの秘匿された技術

東へもたらされたものは神話とモノリスだけではなかった。ヒッタイトは、オリエント世界で初めて鉄器を使用した人々と考えられている。ヒッタイト王国の首都ハットゥシャの近くにあるアラジャホユック遺跡で、およそ三五〇〇年前～三四〇〇年前の地層から、鉄器を製造していた痕跡が見つかっている。

その後ヒッタイト人は独自の製鉄技術を発達させ、武器や実用品として鉄器を製造したが、彼らは鉄製の車輪を二頭の馬にひかせる戦車（チャリオット）を発明し、周辺諸国との戦いを有利に進めた。そのためヒッタイト人は、製鉄の技術を秘匿していたといわれ、それによって勢力を伸ばしたと言われている。

しかし紀元前一一七八年頃、バルカン方面から来襲した「海の民」によってヒッタイト王国は滅ぼされてしまった。これ以降、それまでヒッタイトに独占されていた製鉄技術がオリエント各地に普及するようになった。そしてヒッタイトの高度な製鐵技術と鐵を強力な武器に仕上げる技術は、アナトリア高原から黒海を渡り天山の北側を西進する経路、すなわち天山北路を、ボルガ川を上りウラル山脈を超えてさらに西進し、西シベリアのオビ川を上り、サヤン山脈からバイカル湖へ至り、アムール川を下り東夷に至るのであった。

東夷とは、黄河の中下流地域に住む漢民族を「中華」と呼ぶのに対して、中国東北部、朝鮮、日本などの民族をさした。そして朝鮮半島の咸鏡道から江原道にかけての沿海地帯で暮らす濊《わい》の民に、ヒッタイトの秘匿された技術がもたらされたのであった。

この濊の民には、紀元前十一世紀に中華の中原で繰り広げられた殷周革命で活躍した周の軍師で、後に斉の始祖となる呂尚・姜子牙がいた。

中国では明代に成立した「封神演義」という神怪小説があるが、史実の殷周易姓革命を舞台に、仙人や道士、妖怪が人界と仙界を二分した戦いを繰り広げる物語である。姜子牙はその中心人物として描かれている。

この姜子牙の子孫として、濊の里には滄海君に統率された「滄海の戦士」が組織され、中原において混沌から蘇生した妖（悪魔）を滅ぼす役目を果たした。そして滄海君とは、カインのモノリスに導かれた者であった。

すなわちヒッタイトの秘匿された技術とは、製鐵技術と鐵を強力な武器に仕上げる技術だけではなく、カインがモーセに託したモノリスを、モーセの契約の箱から引き取ったものであったのだ。

こうして古代朝鮮半島に暮らす濊族は、中原の強国より先に秘匿された隕鐵及び鐵鉱石からの製鐵法製鐵技術とモノリスにより不思議な力を持つ民となった。そしてモノリスは紀元前三世紀頃、滄海の戦士により海を渡り日本にもたらされるのであった。

濊の里から東海の蓬莱へと渡り、更に東へと進んだところに佐斯国（さしのくに、現在の東京都）があった。佐斯国は、『古事記』で弟橘姫が海に身を投じる際の歌に現れる相武の枕詞である佐泥佐斯に由来する。

「佐泥佐斯（サヌサシ）相武（さがむ）の小野に燃ゆる火の火中（ほなか）に立ちて問ひし君はも」

また、佐斯国が現在の東京湾に面する付近は、地図上でヤツデのような形をした台地が海に向かい、その間に入江が多く、「塩谷の里」と呼ばれていた。そしてこの地を流れる川の水が、鉄分を多く含み、赤さび色の「シブ色」だったため「シブヤ川」と呼ばれていた。

またその国に境を接する西側には、不老不死の神仙の地があり、「死者のよみがえる地」と考えられていた霊峰がそびえていた。

その山は、「不死（よみがえり、現在の富士山）」の山と呼ばれていた。

東海の蓬莱に新しい国が芽吹き出した頃、この山の頂きに四人の人影があった。一人はまだ若い青年であったが、その傍らには、遠くから見た限りでは、頭の上で簡単に髪を結った壮年の美しい女性にも見えるが、顔の色が白い物静かな男性であった。そしてこの二人の前に立つのは、ひとりは背丈が十二尺を超える大男で、もう一人は戦士の姿をした女性であった。

「この山は美しい。私の遠き記憶に、この火を吹く山と似た山の覚えがある」

若い青年が西に広がる空を向いて呟いた。

「黄竜様、蚩尤一族の祖先は、遥か昔に天山回廊を西に行った最果ての国で、ルルワという女神がつくりし女戦士だったと伝えられております。そしてその者たちは、アトラスとい邪神と戦ったのですが、その時代の彼の地に、この山と似た火を吹く山があったそうです」

戦士の姿をした女は蚩尤の姜黎であった。

「我らが故郷の中華の歴史は、神代の闡教と截教の戦いに始まりますが、この闡教と截教の戦いは、姜黎が申したルルワの兄であるアトラスという邪神とルルワの母であるエヴァとの戦いであったと崑崙では伝えられております」

今度は、青年の傍らに控える壮年の男が応えた。男は蒼海君張良子房であった。

「我が蒼海の士は、上古より闡教の導師として天帝に仕えることで、截教の妖との戦いを続けてきたが、それは西方よりもたらされた神々の争いだと伝えられている。そしてその神々とは、エヴァとアトラスという母子の神であったと……」

黄竜は、今度は頭上の空を仰ぎ見ながら応えた。

「黄竜様、中原では截教の妖による陰謀が渦巻き、人々が安んずる国がなかなかつくれないため、我らがこの地で新しい国をつくることになったのでしょう」

話を継いだ大男は、蒼海の戦士応竜であった。

「応竜、その通りです。我らは、この東海の地で新しい国をつくる種をまきました。それは人々が安んじて暮らせる豊かな国をつくることになるでしょう。しかし……」

黄竜は、今度は東の佐斯国を見下ろして途中で言葉を止めた。

「黄竜様、何か悪しき未来が見えるのでしょうか?」

姜黎が黄竜に尋ねると、一同は揃って東の佐斯国を見下ろした。

「これより二〇〇〇年の未来に、佐斯国でアトラスを呼び覚ます図り事が行われます。アトラスという邪神が再び蘇れば、世界は再び戦いの世の中に陥り、多くの人が苦しむことになります……」

不吉な予言であったが、黄竜の顔にはくもりはなく清々しいものであった。

「二〇〇〇年後ですか、それまでにはまた、我らを継ぐ者が現れるでしょう」

子房の顔も清々しいものであった。

神話を受け継ぐ新しい国

エヴァとアトラスによる戦いの神話は、上古の中国における闡教と截教の戦いへ引き継がれたが、蒼海君となった張良子房は、蒼海の戦士応竜を伴い東海を渡り、先にこの地に渡っていた黄石（黄竜）と蚩尤の姜黎と合流することで、この東の最果ての蓬莱の地で新しい国をつくることになった。

歴代の蒼海君の意志を受け継ぎ、新しい国の王となった黄竜は、モーセの契約の箱を受け継いでいた。そして天之御中主神或いは大物主となった黄竜は、子房と応竜、姜黎に助けられながら新しい国つくりをはじめる。そして黄竜たちは、やがては日本神話における天津神となるのであった。

神話を受け継ぐ新しい国つくりは、やがてこの国に王権社会を出現させることになる。それは、女王卑弥呼が治めた邪馬台国から大和朝廷へと繫がるものであった。そのため、濊の里からこの地へもたらされたモーセの契約の箱は、この国の天皇と呼ばれる王家に受け継がれることとなった。

そして時代は一挙に進んで二十世紀になる。世界は二つ勢力に別れて二度の世界大戦を繰り広げた。この東海の国にプロメテウスの火とも比される恐ろしい武器が使われたため、一旦は世界を巻き込む戦いは停止した。

しかし、二十一世紀になると再び世界は二つの勢力に別れて戦い出すのであった。

新しい国の現世《うつよ》では、アッシャー（導く者）がエヴァの意思を受け継ぎ、人々の幸福と進歩を見守る使命が与えられた。アッシャーとは扉を開ける案内人のことである。そして、皇家を守護する八咫《やた》烏《がらす》などの一族など様々な者たちが、アッシャーとして現れることになる。八咫烏一族は、この国で兵主神となった蒼海の戦士応竜と蚩尤の姜黎の意志を受け継ぐ者たちであった。

一方で、この東の最果ての地にもアトラスの怨念を受け継ぐ邪気が渡って来るのであった。それは星や月を神格化した神として渡って来た。星神は世界各地に見られ、主祭神とされていることもある。しかし日本神話においての星神は、服従させるべき神、すなわち「まつろわぬ神」として描かれている。そしてこれについては、星神を信仰していた部族があり、それが大和王権になかなか服従しなかったとされている。この部族の流れをくむ者をベルウェザー（反乱の先導者）と呼ぶ。

そしてこの国では、アッシャーとベルウェザーの戦いは、歴史の闇の部分において展開されることになるであった。アッシャーを組織するのは八咫烏である。八咫烏は、日本神話において神武天皇を大和の橿原《かしはら》まで案内したとされており、先導者の神として信仰されている。また、太陽の化身ともされる。

そしてこの八咫烏の呼称を受け継いだ秘密結社八咫烏一族は、天平時代から幕末にかけて主に迦波羅《かばら》と呼ばれる秘術を核とした神道、陰陽道、宮中祭祀を執り行い、御所における食事や掃除、湯浴みに至るまで天皇や内廷皇族の日常的な事柄を一手に引き受けていたとされる。

また八咫烏は、大烏と呼ばれる三人の実質的指導者がいるとされ、三位一体で金鵄《きんし》という称号で呼ばれ、俗称で裏天皇ともいわれているとされる。

この迦波羅とは陰と陽の教義のことであるが、呪術や占術に長けた技術体系の陰陽師が行う陰陽道とは区別される。迦波羅とは、エヴァとアトラスが織りなす光と影から産まれた教義であり、ルルワによって伝えられた原始キリスト教が基になっているのであった。

光と剛

そして現代、意志を受け継ぐ者が登場する。蒼海君張良子房の意志を受け継ぐ者として秦房子が、蚩尤の姜黎の意志を受け継ぐ者として岡本光が、そして蒼海の戦士応竜の意志を受け継ぐ者としては、君島剛がいた。そして光と剛は、同じ日のおなじ時刻に同じ病院で産まれたのであった。

岡本光は、東亜美術大学大学院で西ヨーロッパや世界各地で確認されている巨石文明を研究する大学院生である。光は特に西ヨーロッパで確認されている巨石文明について、イベリア人を先祖とした者たちが築いた文明だと考えていた。

身長一八〇センチメートルの細身に研究者の白衣を着た光が、長い髪を後ろで束ねてポニーテールにし、早足でキャンパスを歩く姿は美麗で、学内で隠れたファンクラブができるほどである。

そのため誰もが光の美しい容姿とその女性らしい仕草に心を奪われるが、光の戸籍上の性は女性ではなく、光は性同一性障害（ＧＩＤ＝Gender Identity Disorder）であった。光は、小学生のときに自分がＧＩＤだと気づいた。

そして高校に進学すると、新入生クラスの自己紹介のときに、自分がXジェンダーであることをカミングアウトした。Xジェンダーとはジェンダーレス、すなわち自身の性を男女いずれかに限定しない人を言う。

ここまで光を守り勇気づけたのは、幼馴染の君島剛であった。光は剛に助けられて、生まれ持って授かった障害を乗り越えることができたのだった。光の生まれ持って授かった障害とは、体と心の性が一致しないことであり思春期を迎えた光を苦しめた。

しかし、光は剛の助けを得て、なぜ自分がそのように産まれたのか悩むことを止め、自然体として受け入れて生きていくことを決めたのであった。

これには光がまだ気づいていない秘密があった。光と剛は同じ町で偶然同じ時刻に産まれたのであるが、二人はアッシャーとしての役目を授かり産まれて来たのであった。二人には、黄竜がこの地において新しい国をつくることになったときから、歴史が始まる前から伝わり続けるエヴァの意思を受け継ぐことが運命づけられていた。

そして二人は二十一世紀の日本に産まれることで、この時代に生きる人々の幸福と進歩を見守るアッシャーとしての使命が与えられ、平和で幸福な国への扉を開ける案内人として生きることが宿命づけられていたのであった。

現代編

10　意志を受け継ぐ者たち

秦房子

その日、東亜美術大学大学院キャンパスには、岡本光がカバンを大事そうに抱えながら、ポニーテールの後ろ髪を揺らして急いで歩く姿があった。光が急いでいたのは、光が所属する大学院研究科主任教授である秦房子に呼ばれたからであった。

光は申請していたストーンヘンジ調査の研究費助成金のことで呼ばれたと思い、約束の時間に遅れないように早足でキャンパスを歩いていたのだった。

大学院キャンパスは、学部がある本校とは別の場所にあり、大井町線上野毛駅出口がある環状八号線に面していた。交通量の多い環状八号線の喧騒とは裏腹に、キャンパスには樅木が茂り、学問の府としての静寂があった。

光は生まれつき運動神経が良く、タイトスカートから伸びる長い足がリズムよく歩を進めることで、風を切って急いで歩く光の姿は、その日もファンクラブに最新ショットを提供することになるのであった。

「ふう……。時間は大丈夫だよね」

秦房子教授の名板が掛かった研究室の前に着いた光は、一旦、簡単に身繕いをしてドアをノックした。

「どうぞ！　岡本さん、入って！」

中から秦教授の声がしたので、光はゆっくりとドアを開けて一礼して研究室に入ると、そこには、光を迎える二人の笑顔があった。

「え？　剛？　どうしてあなたがここにいるの？」

光を迎えた二人の笑顔の一人は、幼馴染の君島剛であった。光が剛と再会するのは、二人が大学を卒業してそれぞれの進路に向かうために別れて以来であった。高校生でバスケットボール部のキャプテンを務めた剛は、大学は鹿児島にある国立の体育大学に進学し、卒業後は京都府警の警察官となっていた。

「光は難しい研究をしているみたいだね。秦先生から光の研究が有望だとお聞きしていたところだよ」

剛に持ち上げられた光は、照れ笑いをして秦房子にペコリと頭を下げて挨拶した。

「なんだか剛、少し変わったみたいね」

光は秦教授に促されて、研究室応接セットソファーの剛の隣に座りながら剛に話しかけた。光には剛の風貌が、三年前に別れてから大人びているように感じられた。

「岡本さん、今日は研究の話であなたを呼んだんじゃないのよ」

房子はコーヒーサーバーからコーヒーをカップに入れて、光と剛の前にカップを差し出すと、対面の一人掛けソファーに座った。

「先生、剛と私は幼馴染ですが、先生は剛をご存知だったのでしょうか」

光はコーヒーカップを手に取りながら、房子に尋ねた。

「そうね。君島くんとは二〇〇〇年以上前からの知り合いになるかしら。ふ、ふ、ふ」

房子は自分のコーヒーカップを手にして、剛と光を交互に見ながら笑った。

「二〇〇〇年以上前……？」

光は飲みかけたコーヒーから口を離すと、手に取ったカップをソーサーに戻して、驚いた顔をしながら房子と剛を交互に見た。

「まあ、あなたの巨石文明には及ばないけどね。私と君島くん、そしてあなたは、秦の始皇帝によって封禅の儀が行われた紀元前二一九年の春、朝鮮半島の東岸にあった濊という隠れ里で出会ったのよ」

房子は二人に向かって微笑みながらであるが、目は至って真剣にそう言うと、コーヒーカップの縁に着いた口紅を少し気にしながらカップをソーサーに戻した。

「光、俺も先生から連絡をもらってその話を聞いたとき、最初は信じることができなかったんだ。しかし、歴史が始まる前から続く女戦士の秘密結社であるアマゾネス戦士と蚩尤の意志がお前に受け継がれていることを聞いたとき、俺はなんとなく納得出来たような気がした。やはり、お前の魂は女性だったとな」

剛は、自分が蒼海の戦士の意志を継ぐ者のことより、光が女性戦士の意志を受け継ぐ者であることで、秦房子の奇想天外な話を納得したのであった。

「蚩尤の意志……？」

科学者の卵である研究者としての光には、にわかには信じられる話ではなかった。しかし、この話をしているのが自分の指導教授の秦房子であることが、光を混乱させた。

「まあ、はい！　そうですか！　ってすぐには信じられるものではないわね。特にあなたのような理詰めのお嬢さんにはね。ふ、ふ、ふ」

房子は笑いながら席を立つと、窓際にある自分のデスクの引出しから、何かの動物の皮でつくられた褐色の小さな袋を持って来た。

「これはね、ヘラジカの皮でつくられた袋なの。今から四万年前のもだそうよ」

房子は再びソファーに腰を下ろすと、袋の中から小さな黒い石の板を取り出した。

「モノリスというのよ」

房子はそう言うと、その小さな板を二人の前に差し出した。

「モノリス……？」

二人は口をそろえてそう言うと、差し出されたものを凝視した。

「先生……、これってもしかして、モーセの契約の箱に収められたものですか？」

光の目は瞬きもせずにそれを見つめていた。

「流石は岡村さんね。その通りよ。このモノリスは、エヴァの長男カインによって、エジプトを脱出したモーゼに託されたんだけど、それはイスラエルにソロモン王が現れる前に、アラビア半島から天山北路を通り、ボルガ川を上りウラル山脈を超えてさらに西進し、西シベリアのオビ川を上り、サヤン山脈からバイカル湖へ至り、アムール川を下り朝鮮半島に至り濊の里に伝わったの。そして東海の蓬莱島、すなわち日本に伝わったのよ」

房子の話は、歴史の表舞台に出るものではなかったため、剛には全く理解できないものであったが、光にはいくつかのエピソードで合点がいくものであった。

「先生、このモノリスがエヴァという人類始原の知性と出逢い、そのエヴァがイベリア族の出身者だとすれば、すべてパズルのピースがつながることになりますよ」

光は珍しく感情を高ぶらせていた。

「まあ、あなたがソールズベリーに行く前に、このことは伝える必要があったのよ」

光は房子に促されて、ストーンヘンジ調査の研究費助成金の申請書を鞄から取り出した。

「君島くん、あなたも一緒に行ってくれないかな。岡本さんはまだ蚩尤の意志には気づいていないみたいだから。それから京都府警には、金鵄様から話を通してもらっています。あなたの長期出張は、心配無用よ」

金鵄とは、天皇を警固する秘密結社八咫烏の実質的指導者である。この八咫烏は、古来より大烏と呼ばれる三人の指導者が三位一体で金鵄という称号で呼ばれた。また金鵄は天皇が都を留守にするときには天皇に代わって政を取り仕切っていたため、俗称で裏天皇とも言われていた。

「八咫烏の……、金鵄……」

剛は、房子から繰り出される言葉に、完全に思考停止の状態となってしまっていた。

「ところで、先生はどうしてそんなに何でもおわかりになっているのですか」

光の疑問に剛も大きく頷き、二人は揃って房子の方へ向いた。

「二人揃ってそんなに驚くほどのことはないわよ。だって、私は、蒼海君張良子房の意志を受け継ぐ者だから。したがって、君島くん、あなたが蒼海の戦士応竜、岡本さん、あなたが蚩尤の姜黎。これで三役揃い踏みなのよ。ふ、ふ、ふ」

房子は、それまで秘密にしていたものを一気に吐き出した喜びのようなものを味わっているようだった。

「張良子房とは、始皇帝を暗殺しようとして失敗し、その後、漢を建国する劉邦の軍師になる人ですよね？」

光の疑問を房子は既に察知していた。

「そうよ。私はあなたと反対、子房は男で房子は女なのよ。でも、蒼海君張良子房はこの国に蒼海の戦士応竜と渡り、先に渡っていた蚩尤の姜黎と合流して、黄竜様を新しい国の主にしたの」

光は、秦房子が自分と反対のトランスジェンダーだと言われて、あらためて房子の顔を凝視した。

「あら、岡本さん、そんなにまじまじと見ないでよ。恥ずかしいじゃない」

房子に窘められて、光は恥ずかしそうに目を伏せた。

「蒼海君はエヴァの意志を受け継ぐ者で、中国では始原の神である女媧がエヴァに当たるのよ。そのため蒼海君の潹の里には、女媧の縛妖索《ばくようさく》が伝えられたと言われているの」

ここまで房子が説明すると剛が言葉を挟んだ。

「女媧というのは女神ですよね？」

剛は、『封神演義』を漫画で読んだことがあるので、ようやく話に加わることができた。

「そうよ、女媧は女神で単独で子供を産むことができたのよ。キリストを産んだ聖母マリアもそうよね。そして処女受胎は、この国の最初の女王も同じなのよ」

この国の最初の女王と聞いて、今度は光が言葉を挟んだ。

「先生、処女で受胎するとされたのは、卑弥呼ですか？」

邪馬台国の女王卑弥呼は台与《とよ》という娘を産むが、台与は卑弥呼の宗女とも言われている。また男性と交わることをせずに子を産んだとされる卑弥呼は、天照大神の化身だと言われることもある。

「そうよ。子房の意志を受け継ぐ者には、あの卑弥呼もいたのよ。それに、子房は女に間違えられるほど、美しい姿をしていたんだって！　その辺は、今の私を見れば疑う余地はないわね」

房子は、自分の言葉に自分で納得していた。

「ところで岡本さん、あなたはどうしてルージュしないの？　あなたも立派な大人の女性なんだから、人前ではするのが礼儀よ」

房子は、自分のコーヒーカップに着いた口紅の痕を眺めながらそう言った。

「はい、私もそうは思っているんですが……、なんとなく踏み切れなくて……」

光は口元を左手で隠してそう応えた。

「まあ、いいわ！　これを使いなさい！　高いんだから、大事に使ってね！」

房子は、ハンドバッグからルージュが入った小箱を取り出して光に渡した。

「先生、こんな高価なもの、頂けません！」

光は恐縮しながら、その小箱を房子に戻そうとしたが、房子はさっさと席を立って自分のデスクに戻ってしまった。

「あなたたちの渡航の詳細は、君島くんに渡してあるので、二人で確認して頂戴ね！　それからロンドンでは、犬に気をつけてね！」

房子はそう言うと、デスクで自分の仕事を始めてしまったので、光と剛は早々に退散するしかなかった。

ストーンヘンジ調査

大学が夏休み期間に入る七月末、光と剛は羽田空港からのブリテッシュエアウェイの直行便で、ロンドンヒースロー空港に向かっていた。東京～ロンドン間は、成田空港からの便も多いが、房子の指示は、外国を経由しない直行便であった。

「秦先生は、どうして直行便に拘ったんだろうか？」

剛は独り言のように呟いた。

「先生は、ベルウェザーという秘密結社が必ず我々の行動を監視しているので、期間中くれぐれも気を付けて欲しいと言われていたんだけど……」

房子は光たちが搭乗する便名まで指定していた。

「ベルウェザーって、反乱の先導者という意味だろう？　ということはテロリストか……。だから俺がお前の護衛に呼ばれたんだな」

剛はなんだか楽しそうであった。

「いや、剛と僕はベルウェザーに対抗するアッシャーなんだ。そして剛は八咫烏の一員として迎えられるだろう。この調査は、剛と僕の中に眠る『意志を受け継ぐ者』の覚醒が目的だと思うよ」

光は剛の前では、自分のことを「僕」と読んだ。二人は幼少期からツヨシちゃん、ヒカルで呼び合っていて、剛はいつも光を守るナイトであった。

東京とロンドンの時差は九時間、直行便での所要時間は約一三時間である。羽田空港を午前十一時に発った便はヒースロー空港に午後三時に到着した。二人は空港からヒースローエクスプレスで終点のパディントンまで行き、その日は駅近くのホテルに宿泊した。駅構内には「くまのパディントン」の像があるが、マイケル・ボンドの児童文学作品で有名なこのキャラクターは、エリザベス女王とお茶会をして話題を呼んだこともあった。

翌朝二人はパディントン駅から地下鉄に乗り、ベーカールー線でウォータールー駅まで行き、そこから特急でソールズベリー駅まで行った。

「お前、その唇、先生からもらったあれか？」

剛は、光の顔を覗き込むように尋ねた。

「剛！　あんまりまじまじと見ないで！　今日は、ストーンヘンジの責任者に会ってストーンサークルの中に入るための特別な許可をもらわなければならないから、ちゃんとしてきただけよ！」

光は少し頬を赤くして唇を両手で隠した。

「いや、なかなか似合っていると思って……。お前、本当に大人の女だな」

剛は、ニタニタと笑うので、光もムキになって怒った。

「もう、バカ！　剛！　いやらしいんだから！」

ソールズベリーは、一二二〇年から建設が開始され一〇〇年後の一三二〇年に完成した大聖堂が有名である。二人はソールズベリー駅からストーンヘンジ行きのバスに乗り目的地に向かった。そしてストーンヘンジに着いた二人は、ストーンヘンジビジターセンターに寄り、秦房子教授から預かった紹介状をセンターの責任者に渡した。

ビジターセンターからストーンヘンジは、約二・五キロメートル離れているので、無料のシャトルバスで移動することになる。二人はそこからシャトルバスでストーンサークル遺跡に向かった。ストーンヘンジの入場はチケットの購入が必要であるが、光と剛は、ソールズベリー駅からのバス乗車券とのセットになっているのを購入していた。

ちなみに、ストーンヘンジへの入場券だけの場合は、二一・八£（大人料金・日本円で約¥三五〇〇）であるが、バス乗車券とのセット券は、三五・五£（約¥五七〇〇）なので、セット券のほうが割安である。

ストーンサークルの周囲には何もなく、広大な草原が広がっていた。七月末は夏真っ盛りではあるが、草原を吹き抜ける風は少し肌寒さを感じさせた。そしてストーンサークルはロープで囲われているため、石に触れる距離まで行くことはできないが、光たちは房子からもらった紹介状を、ストーンヘンジを管理する責任者に提示したことで、特別にガイド同伴でサークルに近づくことができたのだった。

「これがストーンサークルか……。いったい何のために造られたんだ？」

剛はストーンサークルの石の大きさに感心しながらそう言った。

「このストーンサークルは、太陽と月の動きを知るための研究による天文台のような機能を持つものなの。そしてこれを建設したのは南から海を渡って来たイベリア族だった。ただその後、先住民族のケルト人が、宗教での儀式などを行う礼拝堂のような目的で使っていたのよ」

光は、西ヨーロッパの巨石文明は、南にいたイベリア族が広めたものという仮説を立てて研究していた。

「なるほどな。しかしこの大きな石はどこから持って来たんだ？　周囲にはこれだけの石が取れる山は見当たらないぞ？」

光の説明に頷く剛であったが、周囲を眺めながら再度質問をした。

「ストーンサークルの一部には、ブルーストーンと呼ばれる石が使われているのよ。ブルーストーンは溶岩によって作られた火成岩で、エネルギーが宿っているものとされ崇拝されていたの。この石の原産地はイギリス南西部のウェールズで、ストーンヘンジからは二〇〇キロ以上も離れているわ。実際どのようにして運ばれたのかまだよくわかっていないのよ」

しかし光は、石の運搬については、独自の別の考えを持っていた。光と剛は、ストーンサークルの中心にあるアルターストーンに近づく許可をガイドに求めると、ガイドが了承したので、二人はストーンサークルの中に入って行った。

「巨石文明には、遺跡がある場所から遠く離れた所で石が切り出されて運ばれて来たと思われることが多いのよ」

光は、イギリスにはストーンヘンジの他にも、巨石を環状に配したストーンサークルが幾つか残されており、中でもエーヴベリーは新石器時代の建造物としてはヨーロッパ最大の規模を誇っていることを剛に説明しながら中へと進んだ。

「このガイドブックでは、ストーンサークルがつくられたのは、二五〇〇年前ということだから、まだメソポタミア文明の一部の地域でしか、金属が使われていなかった時代だろう。今のようにクレーンやトラックもない時代に、どうやってこんなでかい石を遠くから運んでこれたんたんだろ?」

剛はビジターセンターでもらったガイドブックを見ながら、ストーンサークルの中心のアルターストーンの前に立ち呟いた。

「このストーンサークルをつくったのは、この地にいた古代ケルト人ということになっているけど、僕はもっと前につくられていたと考えているんだ」

光も剛の横に並びたち、アルターストーンを見ながらそう言った。

「確かお前は、イベリア族がつくったと……?」

剛は、右手に立つ光の顔を横に見て尋ねた。吹き渡る風が光の前髪を揺らし、光の白い顔にある真っ赤な唇が夕陽に映えていた。

「僕はそう考えている。そしてイベリア族がこのストーンサークルをつくった時期は、まだこの辺りに最後の氷河期の氷河が残っていた時期だとね」

光はそう言って頷き、左手に立つ剛の方を見て応えた。

「なるほど! 氷の上を滑らせて運べたら、この巨石でも道具無しで、人力だけで運べたかもしれないな」

剛は振り向いた光から目を逸らして、恥ずかしそうに頭をかきながら照れ笑いして光の説に同調した。

「ただ……、その人力が、我々の想像を超えた力だったかもしれない……」

光は何かを考え込むようにアルタースト－ンを見つめながらそう呟いたのだった。

11　不思議な体験を巡って

モノリスが見せた幻視

ストーンサークルの中に入ること許された光と剛は、その中心にあるアルタースト－ンの前に立っていた。そして光はなにかを考え込んでいたが、バッグを手探りすると、房子から預かったモノリスが入ったヘラジカの皮でつくられた袋を出して、袋からゆっくりとモノリスを取り出した。そして左手の掌を水平に上に向けて、モノリスを掌の上に置いた。

「剛、あなたの右手をこの上にのせて！」

剛は光に促されて、右手の掌を下に向けて、光の左の掌の上のモノリスに重ねた。すると二人の耳に、聞いたこともないブ～ンという不思議な音が聞こえてきた。

「剛！　目をつぶって！」

光が剛にそう言うと、目を閉じた二人の前に突然別なストーンサークルの光景が現れた。しかし現れた景色は、最後の氷河期が終わった頃の、夏草が茂る平原に整然と環状列石が建ち並ぶ古代のストーンサークルであった。するとそこへ一羽のフクロウが飛び来て、その中心に建つ巨石の上にとまった。フクロウは首を回転させ、周囲に何かの呼びかけをしているように見えた。

モノリスが見せる時空を超えたストーンサークルの拡張現実（AR＝Augmented Reality）では、光と剛が立つ現実の世界の時間とは逆に、日の出間近の太陽は列石が並ぶ東西線の東の彼方から顔を出すところであった。すると石の上のフクロウの姿がスッと消えると、石の後ろから一人の男が現れた。男は昇り来る太陽に向かってなにかを呟きながら膝をついて深々と頭を下げた。そして男はさらに呟き続けていた。

「エウメロスは、この巨石遺跡を魔法陣にすることで、混沌から悪魔を蘇らせようとしている……」

光の唇が声を出さずにそう言ったように動くと、剛の頭で唐突に光の声にならない言葉が響いた。

ストーンサークルのARでは、フクロウから変身した男が指示を出すと、石の陰から四人の男が現れた。そして四人は指示された方位それぞれの持ち場に別れると、地面に施された直径二メートル程の円内に、袋から取り出したものの数を確かめるように置いていった。男たちが置いていったのは血が滴り落ちる人の心臓であった。

「奴らはいったい何をしているんだ？」

剛は気持ちが昂るのを懸命に抑えていた。

「剛、声を出してはダメよ！」

光は剛とつないだ左手を自分の胸に導き、自分の心臓の鼓動を伝えようとした。そして剛は、光の手が添えられた自分の手を光の胸に手をあてがいながら、掌から伝わる光の心臓の鼓動を感じ取ることに集中した。

しばらくすると、ARの中で東の空が徐々に明るくなりだした。エウメロスは円陣中央のアルターストーンの前で、そして他の四人はそれぞれの持ち場に立ち東の空に太陽が昇るのを待っていた。そして東の地平線、ヒールストーンの間に夏至の日の出が登り始めると、中央の男を含めた五人の顔に朝日があたり、その顔が輝いているようにも見えた。

五人はしばらくの間身動ぎもしないで太陽が東の空に昇るのを見ていた。するとサークルの東に建つ二本の巨石であるヒールストーンの間に、姿が判明しない二人の人影が現れた。一人はがっしりした体躯の男で、もう一人は少年のような影であった。

すると中央の祭壇石にいた男は、二人の影に向かって走り寄り、影の前に跪いて深々と頭を下げて恭順の意をしているようだった。しかし、二人の影からはなんの反応も示されなかった。

またしばらくすると、跪く男に後ろで控えていた四人の内の一人が後ろから声を掛けると、男は一旦立上った。しかし直ぐに再び二人の影の前に跪いて頭を下げると、二人の影の子供と思われるほうの顔の辺りで二つの目のようなものが光った。そしてその光が消えると、跪いていた男は、フクロウではなくハヤブサに変身して空に飛び立った。すると、それを見ていた四人も同じようにハヤブサに変身して男の後に続いたのだった。

考えを巡らす二人

光と剛は、ストーンサークルの中心から戻ってくると、サークルの外で待機していたガイドに自分たちはどのくらいの時間中にいたかを尋ねた。ガイドの答えは、二人が中心に入って戻ってくるまで、僅か十分足らずとのことであった。この答えを聞いた二人は、驚きの表情で顔を見合わせた。光も剛も、ストーンサークルの中で体験した不思議な光景との対峙時間は、少なくとも一時間以上に感じられたためであった。

ストーンヘンジで奇妙な体験をした光と剛は、帰りのバスの中でストーンサークルの中で体験した出来事について考えを巡らせていた。

「俺たちが見たあの光景が、氷河期の終わりの頃だと誰かが俺の頭の中で呟いたような気がしたんだが、それはお前ではなかった。しかし、あの不思議な二人の影を呼び出して、その前で跪いていた男を、お前はエウメロスと呼んでいたな？　お前はあの男を知っているのか？」

剛はいくら考えても、何もつかむものがないため、光に今回の出来事の説明を求めたのだ。

「僕も、なぜあの名前が頭に浮かんだのかはわからないんだ。おそらくは、あの光景が氷河期の終わりの頃ということを含めて、モノリスが僕らに告げたものだと思う。そしてあの五人の者たちは、おそらくは人ではないと思うよ」

ストーンサークルの中で見た光景が、氷河期の終わりの頃だと感じたのは何故か、この問いはストーンヘンジなどの巨石文明を研究する光にも、すぐには説明がつかなかった。

「人ではない？　するとあの者たちは、いったいなんなのだ？」

剛は、そこが今回の調査の核心だと言わんばかりに光に迫った。

「これもモノリスが僕たちに知らせようとしたことかも知れないけど、先ず、僕がエウメロスと呼んだ男は、失われたアトランティス帝国の支配者に連なるものだと思う」

失われたアトランティス帝国と聞いた剛は、目を丸くして驚いた。

「失われたアトランティス帝国というと、あのプラトンが『ティマイオス』とか『クリティアス』という本で書いたことだよな？」

剛の知識は、実は秦房子から伝授されたものであった。

「剛！　すごいね！　プラトンを読んでいたなんて！」

感心する光を見て、剛は照れ笑いをしながら恥ずかしがった。

「あの光景に現れた不思議な二人の影の子供のようなものが、そのアトランティス帝国の指導者アトラスじゃないかな？　そして背の高い体つきががっちりしていた方がネアンデルタール人で、アトラスの父親だと思う」

光は、少しずつモノリスから送られて来た情報を、自分の頭で整理しながらそう応えた。

「するってえと、そのアトラスというのが、この世界を無に導く親玉ってことになるよな？」

剛は、結論を急いだ。

「うん……。ただ、先ほど見た不思議な光景では、アトラスとその父親の実体化は不完全なものだったと思うんだ。しかし、エウメロスたちがフクロウではなく、ハヤブサに変身したところを見ると、その力の片鱗は現れていると見たほうがいいみたいね」

光は、アトラスがやがて蘇る機会をうかがっていると考えていた。

「フクロウでなく、ハヤブサになったのには、どんな意味があるんだ？」

剛は、ベルウェザーの歴史的なつながりにおける絡み合った糸が、少しずつほぐれていくことに、気持ちを高鳴らせていた。

「フクロウは、アトランティス帝国を意味するもので、おそらくはアトラスに関係するトピックスがあるのだと思う……。そしてハヤブサは、エジプト神話における天空の神であるホルス（Horus）なのではないかしら……？」

エジプト神話におけるホルスは、ハヤブサの頭を持つ太陽神ラーとオシリスとイシスの息子であり、やがて同一視され習合されたものだとされている。そのためホルスもハヤブサの頭を持ち、太陽と月の両目を持つ成人男性として表現される。

「おそらくエウメロスは、太陽神ラーの後を継ぐ者として、エジプトの地を支配するためにフクロウからホルスに変身したのだと思う……」

光の説明に剛は顎をさすりながら納得して、自分なりの考えをまとめようとしていた。

「アトランティス帝国はアトラスとともに滅んだが、エウメロスたちは生き残り、新たにエジプトの支配者になったってことか……。しかし、そのときの地中海世界には、ギリシアやローマもあったんじゃないか。なぜ、エジプトなんだ？」

剛の問いに、光も明確に応えることはできない。

「そのカギは、ギザのピラミッドにあるんじゃないかしら……？」

光と剛には、エジプトでつくられたプロメテウスの火についての知識は、まだ白紙であった。

二人を乗せたバスはソールズベリー駅に着くと、来た順路と逆方向にソールズベリー駅から特急に乗ってパディントン駅に向かった。この間も二人は、ストーンヘンジで体験した不思議な出来事について考えを巡らせていた。

そしてロンドンに向かう電車の中では、剛は途中で考えることを諦めて寝入ってしまったが、光は持ち込んでいたノートパソコンで、自分の体験の詳細を記録していた。そのためこのとき二人は、周囲への気配りが疎かになってしまっていた。

このとき光と剛が座る席の斜め二つ後ろの席には、二人を見つめる怪しい目が光っていた。光も剛も自分たちに迫る危険には、まだ気づいていないのであった。

パディントン駅に着いた二人は、宿泊しているホテルに戻った。その夜の二人は、頭の中で昼間体験した不思議な光景が駆け巡ったため寝付くことができなかった。

そして翌日、二人は大英博物館で、考古学者のミランダ・オルドハウス＝グリーン教授と会う約束していた。

ネブラ・ディスク

大英博物館を訪ねる目的は、一九九九年にドイツで発見されたネブラ・ディスクを見るためであった。ネブラ・ディスクとは、世界最古の星図とみなされており、二十世紀でも特に重要な考古学的発見の一つとされている。

ネブラ・ディスクは、現在、ドイツのザクセン＝アンハルト州立ハレ先史博物館に所収されているが、光たちが渡航する期間、偶々、大英博物館で展示されることになっていたのだった。大英博物館はこのネブラ・ディスクを、ストーンヘンジに関する展覧会の一部として展示していた。

光と剛は、ホテルで手配したタクシーに乗って大英博物館に着くと、学芸員のニール・ウィルキンにまず会って、訪問の目的を事前に伝えることにした。ウィルキンは、「ストーンヘンジの世界」展を担当する大英博物館の学芸員であった。

「ようこそ！　ミス・オカモト、そしてミスター・キミシマ、この展示会は驚くような展示になりますよ！」

ネブラ・ディスク

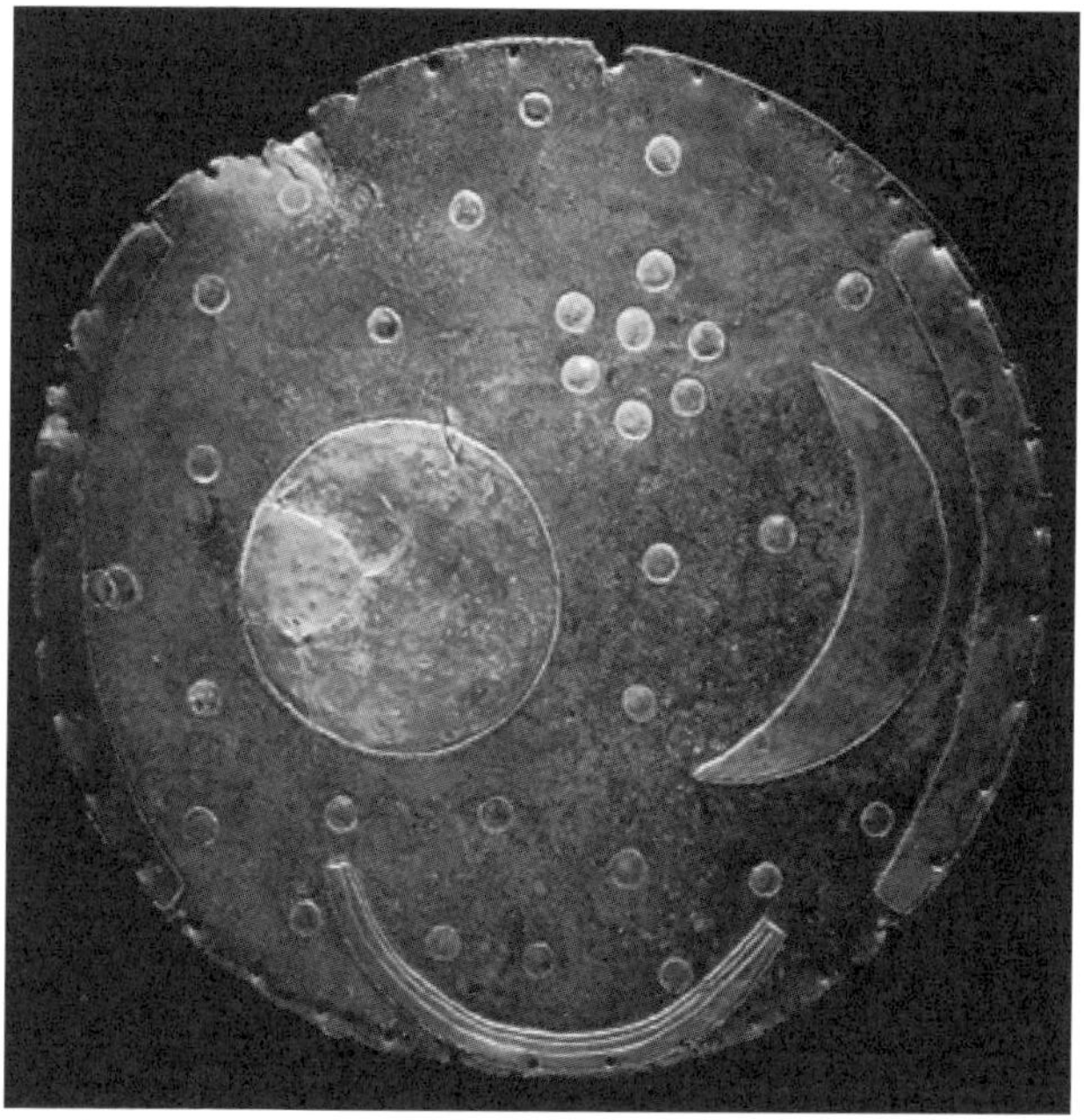

（ドイツ・ザクセン＝アンハルト州ハレ先史博物館所蔵）

光は今回の調査に当たり、事前にウィルキン氏にアポイントメントを取っていた。

「ウィルキンさん、お会いできて光栄です。今日はお世話になります。グリーン教授との約束の時間までまだ一時間ほどありますので、その前に例のものを見せていただけますとありがたいですが。それから私のことはヒカル、彼はツヨシでお願いしますね」

ウィルキンは二人を歓迎し、グリーン教授が来るまでの一時間の間、展示会の主題についての説明を行った。

「ミス・ヒカル、ネブラ・ディスクと太陽のペンダントは、欧州青銅器時代から伝わり、現存する遺物の中でも特に見事なものです。どちらも三〇〇〇年以上、地下に眠っていたのが、つい最近発掘されたのです」

ウィルキン氏は興奮気味にネブラ・ディスクの貴重さを二人に話した。

「ウィルキンさん、あなたの言われる通り、ネブラ・ディスクと太陽のペンダントは、どちらもストーンヘンジからは何百キロも離れた場所で見つかったものの、当時のイギリス、アイルランド、そして欧州大陸の広い範囲にわたり、ストーンヘンジの周りにあって互いにつながっていたという、ヨーロッパ巨石文明の広大な世界に、光を当てる遺物となるでしょうね」

光にも、ウィルキン氏の興奮する理由が理解できた。

「ミス・ヒカル、あなたは素晴らしい研究者だ！　我が国のソールズベリーにある巨石遺産、そしてストーンヘンジは、紀元前二五〇〇年ごろに作られたとされています。当時の目的は不明ですが、複数の巨石が太陽の進行と結びついて配置されていることは解明されています」

ネブラ・ディスクは、太陽とその至点が表現されている。すなわちネブラ・ディスクが示す重要なこととは、北欧青銅器時代の信仰において、太陽は重要な役割を担っていたことが証明されたということであった。

光とウィルキンは、ヨーロッパ地域の巨石文明についてお互いの研究成果を交換することで、一時間はあっという間に過ぎた。

「おっと！　グリーン教授がお見えになられたようです。それではヒカル、次回は私の行き付けのパブで、亭主自慢のビールを飲みながらゆっくりとお話ししたいですね！　あなたはとても美しい！」

ウィルキンはそう言うと、自分のオフィスに引き上げていった。

「光、あのコックニー（Cockney）は、お前に気があるんじゃないか？」

光ほど英語が堪能でなく、また、巨石文明については門外漢の剛は、少し皮肉っぽく光の耳元で囁いた。

「もう、バカ！　剛！　あなた、昨日から少し変よ！」

光に怒られた剛は肩をすくめて小さくなる振りをした。剛は自分の中で、高校生の時に光に対して芽生えた淡い恋心が再燃していることに、どうしようもなく苛立っていたのだった。

グリーン教授の謎の死

するとそこへ、ウィルキンと入れ替わるようにグリーン教授が現れた。ヨーロッパ地域の青銅器時代に詳しいグリーン教授は、二〇〇四年にBBCのインタビューに、ネブラ・ディスクに配置されたシンボルは「どれも、当時の欧州全域に広がっていた信仰体系の一部だ」と説明したことがあった。

「グリーン教授、今日はお忙しいところ、わざわざお運びいただきまして恐縮します」

光はグリーン教授を丁重に迎えた。光の唇にはしっかりとルージュが施されていた。光と剛は、グリーン教授を大英博物館グレートコートにあるカフェに案内して、早速教授からネブラ・ディスクについての話を聞き始めた。

教授はエスプレッソのデミタスカップを手にしながら、ゆっくりと話し始めた。

「ドイツのネブラという街の近くで、一九九九年に出土した青銅製の円盤ネブラ・ディスクは、片面には金で太陽、月、そして星々を模した装飾がほどこされています。あなたがたは既にネブラ・ディスクをご覧になりましたか？」

教授の問いに光は、教授が来る一時間前に展示してあるネブラ・ディスク見たと応えた。

「ネブラ・ディスクは、太陽暦と太陰暦の両方の概念が取り入れられた人類最古の天文盤で、およそ三六〇〇年前の青銅器時代に作られたものだと考えられています」

教授の説明によると、太陽や月の動きを暦とする考え方は、古代メソポタミア文明や中国では、太陰暦（厳密には太陰太陽暦）が行われていたのに対して、エジプト文明では太陽暦が行われていた。そして、ナイル川の定期的な氾濫を利用して灌漑農業を営むようになったエジプト人は、三六五日で一年がめぐることを知るようになり、太陽の運行をもとにした太陽暦に、紀元前五〇〇〇年頃に移行したということであった。

また教授の説明では、エジプトでの太陽暦でのはじめは、一月は三十日で年十二ヶ月、五日の祝日を入れて三六五日とする民衆暦が工夫されたようである。そしてその後、四年に一度の閏年をいれることによって、正確に季節変化に合うようになったということであった。

そしてヨーロッパでは、季節の変化と一致しない太陰暦に対して、太陽暦は農作物の栽培に適合しているため、次第に広く使われるようになり、カエサルがこれをローマに導入してユリウス暦とし、地中海世界、ヨーロッパで広く行われるようになったといことであった。

「教授、お言葉を返すですが、その頃のヨーロッパにはネブラ・ディスクの作成を可能とするレベルの天文学は存在しなかったと思われるのですが……」

光は一般論としての考えを述べたが、勿論、光自身がそう考えているわけではなかった。

「当時の人たちは天を見上げ、崇拝し、太陽や月を崇拝し、日の出や月の出に合わせて行動していたのですよ。特に月を崇拝する一族は、農耕とは別な意味で存在していました」

特に月を崇拝する一族が農耕とは別な意味で存在したと聞いた光は、自分が知りたかったことを教授から聞きだせたと思い、笑顔がこぼれ出ていた。

「そしてネブラ・ディスクは、そういうもののシンボルをすべて集約しているので、私たちは初めて当時の人たちが実際に何を見て、それをどう受け止めて、何を信仰していたのか知ることができるのですよ」

グリーン教授の語り口は穏やかで、教授は、ネブラ・ディスクは古代に生きた人たちの聖典の一種だと話した。

「先生、農耕とは別な意味で月を崇拝する一族とは、どのような者たちであったのでしょうか？」

光は、ネブラ・ディスクが意味するこの一点に拘った。

「いや、これはね、おとぎ話のようなものなのですよ。お二人は狼男の話はご存知ですかな？」

教授の口から狼男と聞いて、二人は顔を見合わせて驚いた。

「まあ、神話と同じレベルなのですが、ヨーロッパ地域では、我々ホモ・サピエンスがこの地で暮らす前に、人狼の一族がいて、その者たちは月を崇拝する一族だったということです」

グリーン教授は笑いながらそう説明していたが、エスプレッソのデミタスカップを持つ手が震えているのを光は見逃さなかった。そしてこの話をした後教授は、何かの急用を思い出したと言って、慌てて光たちの前から立ち去った。

「光、グリーン教授は何か、言ってはいけないことを俺たちに喋ってしまったことを後悔していたようだったな。なにか良くないことが起こらなければいいのだが……」

剛の心配は的中してしまった。その日のロンドンタイムスの夕刊に、ブルームスベリー地区のタヴィストック・スクウェアで、グリーン教授の遺体が発見されたという記事が載っていた。そして教授が野犬に襲われたようだとも伝えられていた。

「光、俺たちが秦先生に呼ばれて、帰り際に先生が『ロンドンでは、犬に気をつけね』と言われていたよな？」

剛は房子の言葉を思い出して、これは事故ではないと断言した。

「剛、教授が襲われたのは僕たちに責任があるわ。僕たちは既にベルウェザーから見張られているのよ」

光は、自分たちの行動によって、一人の人の命が失われたことで、大きな衝撃を受けていた。

「とにかく、明日は東京に戻ることになるわ。このまま明日まで何も起きなければいいのだけど……」

光の言葉に、剛は両手の拳を握りしめていた。

翌朝二人は、パディントン駅からヒースローエクスプレスに乗りヒースロー空港に向かい、そこから東京行のブリティッシュ・エアウェイズに搭乗した。グリーン教授の死は、二人に重くのしかかっていて、ロンドンに来たときのストーンヘンジの調査に意欲を見せていたときと打って変わって、二人とも言葉少なめの帰還であった。

そして、二人が乗るブリティッシュ・エアウェイズ便には、光と剛がソールズベリー駅からパディントン駅に向う特急に乗ったときに斜め二つ後ろの席で二人を見つめていた同じ目が、やはり二人の座席の少し後ろの席で目を輝かせていた。

二人を追う者は、アザエスであった。アザエスはエウメロスの弟でディアプレペスとは双子の兄弟であった。光も剛も、まだ蚩尤及び蒼海の戦士として受け継いだ能力は覚醒しておらず、アザエスの存在には気づかないでいたのだった。

12　ソロモン72柱

マクスウェルの悪魔

人が持つ「気」にはエネルギーのようなものがあり、それは同じ方向性があるものを引き寄せる。この現象を物理学では同調、共振、共鳴などと言ったりするが、このエネルギーは、架空を働く存在として定義することもできる。

十九世紀のスコットランドの物理学者ジェームズ・クラーク・マクスウェルは、分子の動きを観察できる架空の悪魔を想定することによって、熱力学第二法則で禁じられたエントロピーの減少が可能であるとした。マクスウェルが考えた仮想的な実験内容とは次のようものである。

(1)均一な温度の気体で満たされた容器を用意する。このとき温度は均一でも個々の分子の速度は決して均一ではないことに注意する。

(2)この容器を小さな穴の空いた仕切りで二つの部分A，Bに分離し、個々の分子を見ることのできる「存在」がいて、この穴を開け閉めできるとする。

(3)この存在は、素早い分子のみをAからBへ、遅い分子のみをBからAへ通り抜けさせるように、この穴を開閉するのだとする。

(4)この過程を繰り返すことにより、この存在は仕事をすることなしに、Aの温度を下げ、Bの温度を上げることができる。これは熱力学第二法則と矛盾する。

マクスウェルの悪魔の思考実験

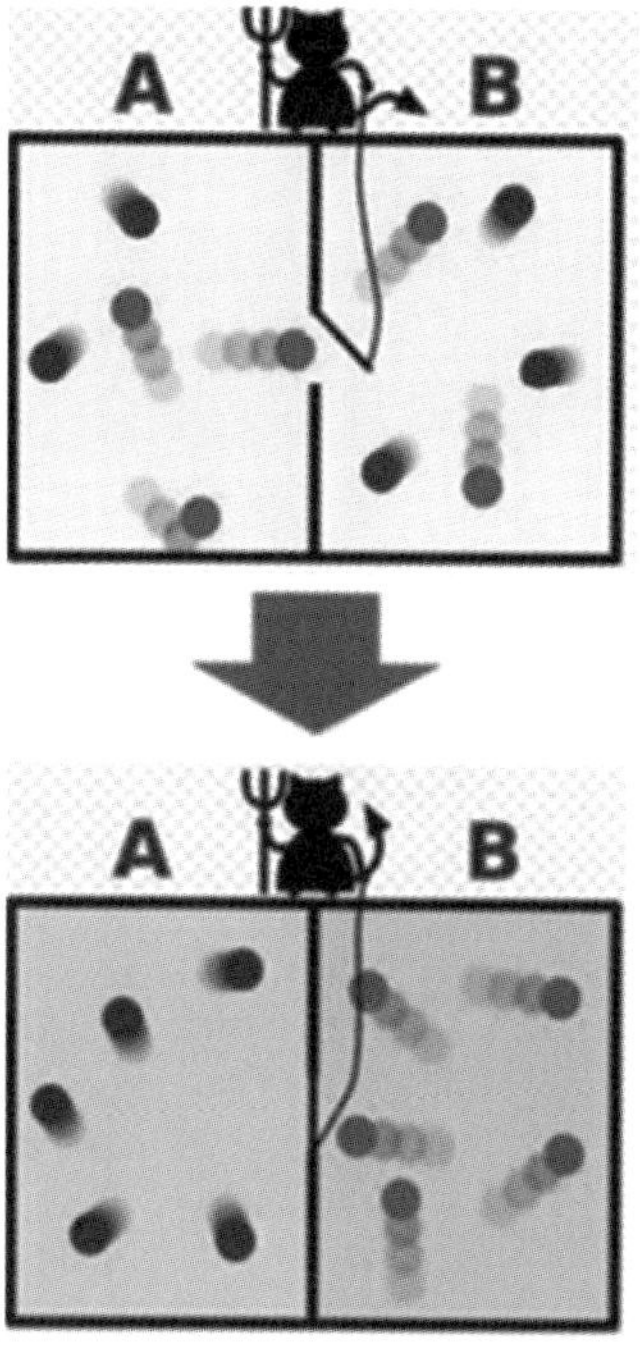

これは「マクスウェルの悪魔」と呼ばれる思考実験であるが、思考実験とは、特殊な状況に理論を当てはめることによる帰結と、実験を必要としない日常的経験とを比較することによって、理論のより深い洞察に達してきた考察を指すことが多い。「マクスウェルの悪魔」では、分子を観察できる悪魔は、仕事をすることなしに温度差を作り出せるようにみえる。

マクスウェルの仮想したこの「存在」を、同じく十九世紀アイルランドの物理学ウィリアム・トムソン・ケルヴィンは、「マクスウェルの知的な悪魔」と名付けた。すなわち悪魔は、人の持つ「気」のエネルギーを操り、その力を無限に増大させることができるのである。そしてそれは、より多くの人が集まることで実現が可能となるのである。

十九世紀の産業革命を経た二十世紀の大都市の誕生に伴って、様々な地方から見知らぬ人々が都市に流れ込んだ。宗教や風習が異なる人々をのみ込み膨張した大都市では、都市の統治機構に対する帰属意識が希薄な群衆が登場した。

彼らは、他者の心理や行動に対する不配慮や自分の周囲の物事に対する「無気力」「無関心」、そして「無責任」という後ろ向きの方向性を持つ「まつろわぬ民」となる。そのためこのような都市民が持つ負のエネルギーとしての「気」が増加したのである。

東京は、江戸幕府の所在地であった江戸という都市が、一八六八年に名称変更された近代以降の日本の首都である。しかし東京となった日本の首都は、二度の都市壊滅を経験している。

一度目は、一九二三年の関東大震災で、首都直下型地震により多くの家屋が焼け、東京市では人口の三割強が減少した。

二度目は、第二次世界大戦末期（一九四四〜一九四五年頃）の米軍による東京大空襲で、多くの家屋が焼かれ人口減少が続き、太平洋戦争直後時点での人口は、二八〇万人まで減っていたとされている。

しかし東京は、第二次世界大戦後には目覚ましい復興を遂げ、人口は増え続け、二〇一九年時点において東京都で約一三〇〇万人まで、また、いわゆる「首都圏」（東京圏）では三七〇〇万人まで増えた。そしてその後も拡大を続ける東京は、周辺の都市と融合することで一種の巨大な都市圏を形成し、世界一位の人口とGDPを擁する世界最大のメガシティの中核的な部分となったのである。

その東京の中で特に「人の持つ気」のエネルギーが集まる街が渋谷である。渋谷は、新宿、池袋とともに山の手の三大副都心の一つであり、渋谷駅を中心とした東京有数の繁華街である。渋谷の街は、渋谷駅北西側のセンター街方面に大規模な繁華街が広がり、若者の街として知られる。そのため今日では、サッカーワールドカップなどのパブリックビューイングや、ハロウィン週間での渋谷は特別な賑わいを見せている。

特に「渋谷ハロウィン」という固有名詞にすらなる若者たちの「お祭り騒ぎ」は、スマートフォンの普及やSNSのユーザーが増えたことで、ハロウィンの写真をSNSに載せるという流れができてきた。ツイッター（Twitter）では、二〇〇八年頃より仮装した人たちが渋谷に集まった様子が投稿されだした。そして二〇一八年のハロウィン週間（十月末）には、渋谷スクランブル交差点に進入してきた軽トラックを周囲にいた若者たちが持ち上げ始め、ついには横転させてしまうという若者の暴徒化事件が起きた。

ホロスコープの落書き

東京渋谷では、街の壁などへの落書き被害があとを絶たず、事件に発展する事態にもなっている。渋谷区では、落書き防止対策として防犯カメラを各所に設置しているが、この防犯カメラで捉えることが出来た落書きの現行犯が渋谷警察署に逮捕されたときのことである。

落書き犯人は、飲食店従業員で二十六歳の男だったが、男は動機について「グラフィティが好きで、描ける場所を探していたら急に頭の中で何かの指示みたいな言葉が聞こえて、気がついたらそこに落書きをしていた」と明かした。この男が行った落書きとは、ホロスコープであった。

西洋占星術は、ある時間にある場所から見たとき、どの方向に惑星があったかを見て性質・運勢などを読み解いていく占術であるが、そこで必要なのが星の配置を表した天体図であるホロスコープだ。

それでは逮捕された男に西洋占星術の所縁を問い質すと、その言葉すら知らないというものであった。男は、そのときその場で思い浮かんだ印象をそのまま落書きにしたと供述したのである。それでは何故男はホロスコープを渋谷で落書きしたのであろうか？　実はこれと同じ落書きが渋谷では施されていたのであった。

落書き犯人が書いたホロスコープ

渋谷で発見されたホロスコープの落書き

絡む糸を解す

二〇一八年九月の終わりの頃、房子に呼ばれた光は、房子の研究室にいた。

「岡本さん、ロンドンではご苦労様でした。グリーン教授のことは残念だったけど、ベルウェザーもいよいよ仕掛けて来たということね。あなたも驚いたことでしょうけど、これも定められた運命なんだから、あなたもそう思うことね」

房子は、あたかもグリーン教授の死が前もってわかっていたような口ぶりであった。しかし光は、グリーン教授の死については少なからず責任を感じていたのだった。

「あなた、グラフティーって聞いたことがあるかしら?」

房子はそう言うと、光の前に数枚の写真を並べた。並べられた写真には、どれもホロスコープのマークが描かれていた。

「グラフィティ」とは、ヒップホップの四大要素の一つであり、アメリカを発祥地とする文化である。もともとは、ギャングたちが、自分たちの縄張りを証明するマーキング的な意味合いで用いられていたらしい。それが、日本へ輸入されるにあたって、マーキングに加えて落書きの意味もくっつくようになり、街のいたるところにグラフィティが描かれるようになった。

「先生、ホロスコープの落書きのようですが……?」

光には、房子が何故この写真を見せたのか、まだわからなかった。

渋谷桜丘で発見されたホロスコープ落書きの配置

「それはね。渋谷のセルリアンタワーの桜坂側の路地の周りにある落書きよ」

房子が示した写真は、渋谷桜丘町でのホロスコープの配置であった。そしてそれは、規則正しく黄道十二宮を現していた。黄道十二宮とは、太陽・月・惑星の通り道である黄道を角度が三十度ずつ十二個に等分割した領域のことである。

「先生、このホロスコープの落書きは、ベルウェザーの仕業として、どんな意味があるのでしょうか？」

光は今、頭の中で複雑に絡み合った糸を、何とか解きほぐそうとしていた。複雑に絡み合った糸とは、星に関係するトピックスが何を意味するであった。そして光が解き明かそうとしている絡み合った糸とは、次のものであった。

先ずは、光と剛がストーンヘンジのストーンサークルの中で体験した、エウメロスが化身したフクロウがハヤブサに変身することで、エウメロスがエジプト神話における天空の神であるホルスになったと思われること。

次に、ロンドン大英博物館において世界最古の星図とみなされるネブラ・ディスクに表されていることと、グリーン教授が謎の死を遂げたこと。そして今回房子から見せられたホロスコープの配置図など、一連の星に関係するトピックスがどのようなつながりを持つかについてであった。

「あなたの頭脳がいかに優れていても、四万年前から続くこの絡み合った糸を解きほぐすことは、そう簡単にはいかないわよ。まあ、少しずつ前に進んでちょうだい」

房子はコーヒーカップを両手で二つ持ち、一つは光の前に置きながら、ソファーに腰を下ろした。

「先生、先生は既に何もかもご存知のようですね。今、許されるだけでも構いませんので、教えて頂けませんか」

光はとにかく絡み合った糸をほぐすための手がかりが欲しかった。

「そうね。このままではいつものあなたの能力が発揮できないわね」

房子はコーヒーを一口飲むと、カップをソーサーに戻した。

「一番重要なトピックスは、アトランティス帝国の滅亡ね。これはエヴァの息子カインがつくったプロメテウスの火が引き起こしたものなの」

エヴァの子供たちについての話は、以前房子から聞かされたことがあったため、カインがギリシア神話の「プロメテウス」としてヒトに技術を伝えたということは、光は既に知っていた。しかし、「プロメテウスの火」という言葉は、今初めて聞いたことであった。

「プロメテウスの火……?」

プロメテウスの火とは、ギリシア神話においてプロメテウスが人類にもたらした「火」であることは、光はもちろん知っていた。そしてこの言葉が、強大でリスクの大きい科学技術の暗喩として用いられていることも光は認識していた。

「そのむかしカインは、天空の天の川に見立てた大河をナイル川にして、川の西側のギザの台地にオリオン座の三ツ星の見立てとなるモニュメントを建設したの。これが今のギザのピラミッドね」

房子は、ギザのピラミッドはクフ王の墓などではなくアトランティス帝国の時代に建築されたプロメテウスの火という恐ろしい力を持つ兵器であると光に告げた。

ギザのピラミッドは、硬い花崗岩のブロックを幾層にも積み上げられて造られた巨大な正四角錐である。正四角錐とは、底面が正方形で側面が全て二等辺三角形であるような四角錐のことを言うが、カインはこの形のものをオリオン座の三ツ星に見立てるように三つ並べて建設したのだった。

「カインはピラミッドの頂部に金字塔を設け、その頂上にモノリスを設置する台を施したの。そしてカインのプロメテウスの火とは、ギザの三つのピラミッドをオリオン座の三ツ星に見立てることと、そしてさらに、このエジプトのモニュメントとアトランティスの中心アクロポリス、そしてアテナイのアクロポリスの三点を、天空の大三角形である『おおいぬ座』アルファ星シリウス、『こいぬ座』アルファ星プロキオン、『オリオン座』アルファ星ベテルギウスに見立て、その三点に設置されたモノリスを共鳴させることで、火星の公転軌道と木星の公転軌道との間に存在するアステロイドベルトにある小惑星の軌道を変え、地球に落下させるという途方もない力を発揮するものだったのよ」

房子は、プロメテウスの火について、一気に説明を行ったが、普通の人には荒唐無稽で、到底理解できる話ではなかったが、光にとっては全て謎のベースになるトピックスであった。

「先生、エウメロスはそのプロメテウスの火を手に入れるために、ホルスに変身してエジプトの支配者になったのですね」

光の頭の中では、絡まった糸が解け始めていた。

「さすがに頭の回転が良いわね！　その通りよ。エウメロスも、ギザのピラミッドがプロメテウスの火だということには気づいているのよ。でもね、その威力を発揮するためには、モノリスが必要なの」

光はストーンサークルの中で体験した不思議な風景を呼び覚ましたのも、モノリスの力だったということを思い返していた。そしてプロメテウスの火を発動させたモノリスは三つということを知ったため、残りの二つについてその所在を尋ねた。

「モノリスは、エヴァとアトラスの時代には四つあったことまでは確認できているのだけど、そのうちの二つは、プロメテウスの火によって、エヴァとアトラスとともに消滅したことになっているのよ。そして残りの二つのうちの一つは、あなたがストーンヘンジに行くときに預けたものよ」

光はあらためて自分が預かったものの重要性を思い知ったのであった。

「先生、それではもう一つのモノリスは今どこにあるのでしょうか？」

光がその質問を房子に投げかけると、房子の顔が一瞬くもった。

「先生、もしかして、もう一つのモノリスはエウメロスの手に渡っているのでは？」

光の疑問はどうやら的中したようであった。

「もう一つのモノリスは、カインの弟アベルが持っていたのだけど、アベルが北欧神となってからは、その行方がわからなくなっているのよ。しかし、エウメロスがストーンサークルを使ってアトラスを蘇らせようとしたってことは、既にエウメロスの手に渡ってしまったと考えるべきかもね……」

エウメロスがモノリス一つを持ち、アトラスを冥府から蘇らせることで、もう一つを手に入れることができるかも知れないと光は思った。

「そうよ。あなたの思っている通り、エウメロスは三つ目のモノリスを手に入れるために我々を襲いに来るでしょうね」

光は自分が思っていることが、房子には見えていることに少々驚いたが、ストーンサークルで体験したことを今一度房子に報告しようとした。

「先生、エウメロスはまだ完全にはアトラスを蘇らせることには成功していないと思われます。確かに、アトラスとその父親のエウエノルらしき影が浮かび上がったのですが、確かな実像にはならなかったのです」

光はストーンサークルでの体験を、再度詳細に房子に報告した。

「む……。モノリスは、その力を授けることができる人を選ぶらしいのだけど、エウメロスはモノリスには選ばれなかったのかも知れないわね……」

房子は少し考え込むような仕草をした。

「先生、いずれにしても、エウメロスがアトラスを完全に蘇らせることができて、そしてモノリスがエウメロスの下に三つ揃うような事態になれば、再び小惑星を地球に激突させることで、人類は滅亡してしまいます」

光の疑問に房子はただ頷くだけで、光のこの疑問に対するフォローはなかった。そして房子は、光の頭の中で絡まる二つ目の疑問に応えだした。

「あなたの次の疑問は、ロンドン大英博物館において世界最古の星図とみなされるネブラ・ディスクに表されていることと、グリーン教授が謎の死を遂げたことだったわね？」

房子は光の頭の中で絡み合った糸をほぐすため、助言を続けた。

「ネブラ・ディスクは、太陽とその至点が表現されているので、北欧青銅器時代の信仰において、太陽は重要な役割を担っていたことはあなたもご存知の通りよ。けど、それは裏を返して言えば、夜に対する恐れなのよ。夜を支配する星は何かわかるでしょ？」

房子はそう言うと、光のほうを見て微笑んだ。

「月……、ですか？」

光は、恐る恐る応えた。

「なにあなた、そんなにびくびくするなんて、あなたらしくないわね。そう、月よ。エウメロスたちは、いわゆるナイトウォーカーなのよ」

房子の口から「ナイトウォーカー」という言葉を聞いた光は、目を丸くして驚いた。ホラー映画などのフィクションの世界でのナイトウォーカーは、吸血鬼や夜行性の獣人、それに類する種族を指すが、科学者秦房子の口からそのようなフィクションの世界での言葉が出ることは、光にとっては全くの存外であった。

「先生、私たちがストーンサークルの中で見たエウメロスは、吸血鬼だと仰るのですか？」

光は、少し呆れたように房子に言葉を返した。

「そうよ。エウメロスは吸血族で、グリーン教授を襲って殺したのは人狼の一族よ」

房子は、いつもと変わらない冷静な語り口で光に言葉を返した。

「グリーン教授は狼男に殺されたと言われるのですか？」

光の頭の中では更に糸が絡まりだしたようであった。

「アトラスは、自分の父親を含む五人のネアンデルタール人を人狼にし、五人のイベリア族の少年を吸血族にして、ケルベロス軍団をつくったのよ。そしてこの十人は、それぞれが軍団長となり、人外の力を持つ強力な兵団をつくることで、ヨーロッパを支配し、アトランティス帝国を築いたのよ」

房子の話は驚くべきものであったが、ヨーロッパに伝わるナイトウォーカー伝説は確かに存在するものであった。

「それで先生は、私たちが出発する前に、『犬に気を付けて』と言われたのですね？」

犬と人狼では大違いだと光は思ったのだが、そのことは顔に出さないように注意した。

「まあ、犬と人狼では違い過ぎるのはわかっていたのだけど、あのときあなたたちにこんな話をすれば、あなたたちが悩むことになると思ったのよ」

房子の言葉からは、光の不満を既に読み取っていたのがわかった。そのため光は、房子の前では何も隠すことはできないと思うのであった。

「先生、わかりました。それでは最後に、今回のホロスコープの落書きについて私に何か指示がおありになるかと思います。そのことについてご指導ください」

光の頭の中では、絡み合った糸はほとんど解けていた。

「ようやく、いつもの岡本さんに戻ったみたいね。それでは、今日の本題にようやく入るわよ！」

房子は光の前に渋谷の地図を広げた。

「先ほどあなたに見せたセルリアンタワーの桜坂側に、梅香学院大学東京キャンパスがあるのだけど、そこの西嶋教授に明日会いに行ってほしいのよ。アポは私のほうで連絡済みだから心配無用よ」

房子は梅香学院大学東京キャンパスのキャンパスマップを光に見せながら、西嶋教授の研究室の位置を指示した。

「この先生は渋谷の落書きの研究者なのですか？」

光の質問に房子は一冊の本を出すと、これにその教授が渋谷で行っているアクティブラーニングが書いてあるので、目を通しておくようにと言って光に差し出した。その本によれば、西嶋教授は、渋谷のゴミ問題と落書き問題について、渋谷区環境政策局環境整備課と協力して、持続可能なまちづくりを進める研究を行っているようだった。

「それから、これを見て！」

房子はそう言うと、光に渋谷駅周辺の地図に大きな六芒星《ヘキサグラム》が描かれているところを指示した。

「ヘキサグラムは、魔術的な力を引き出すために使われますが、まさかエウメロスがこの日本でアトラスを蘇らせようとしているのでしょうか？」

渋谷駅を中心にしてヘキサグラムが描かれた地図

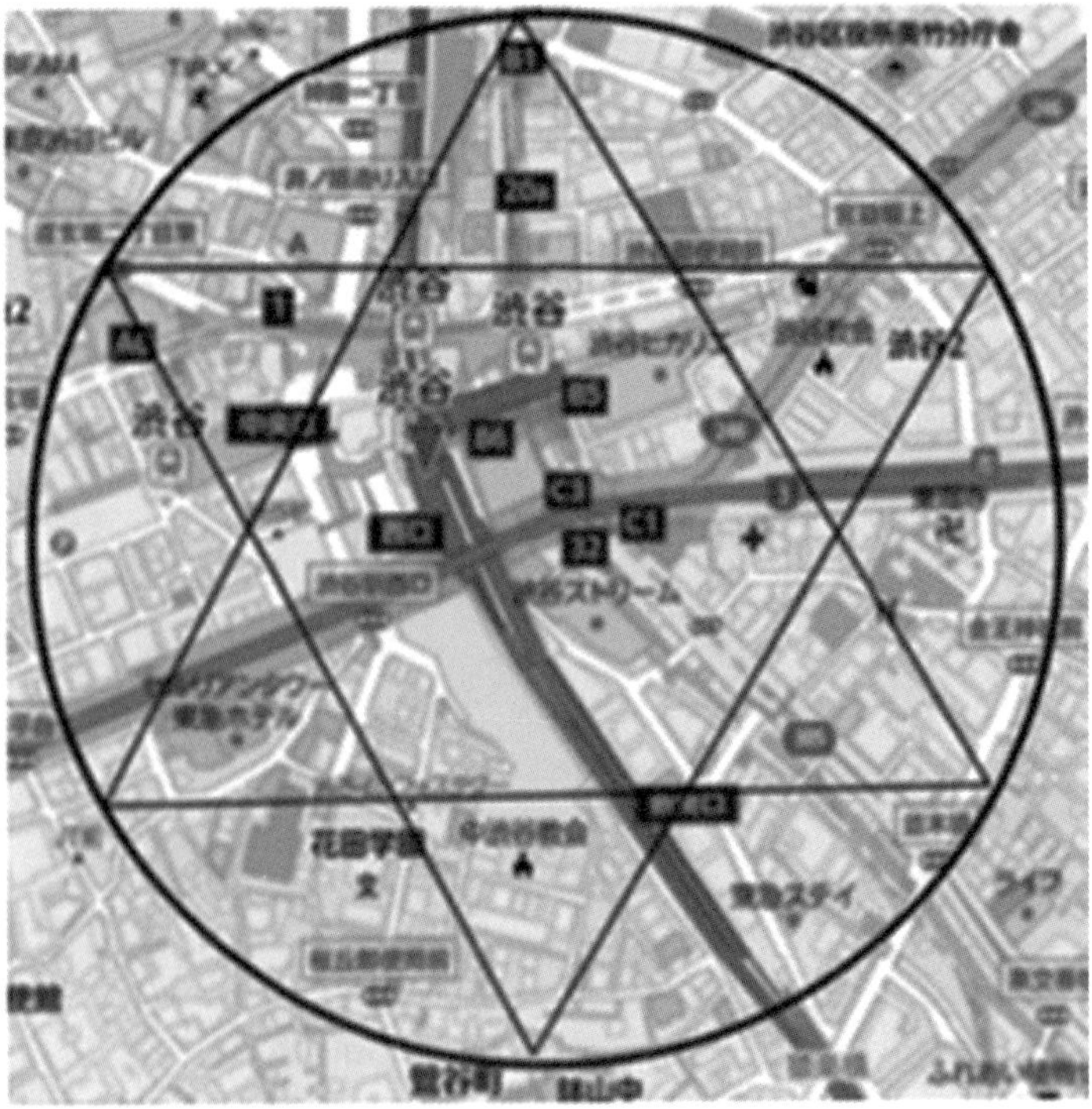

光はもう房子から何を言われようが、疑うことはなかった。

「いえ、この段階ではまだアトラスには到達しないのよ」

光は房子の返事に二の矢を継いだ。

「それでは、いったい何を呼び出そうとしているのですか？」

光は、このヘキサグラムの意図の大筋は理解できているようであった。

「古代イスラエルにおいて、ソロモン王が使役したとされる72柱の悪魔よ」

房子は地図の横に、ソロモン72柱のリスト表を置いた。

「ソロモン72柱……？」

光はリスト表を見て、言葉を失った。

13　ソロモン72柱の悪魔

渋谷に表れたヘキサグラム

中世末期からイタリア・ルネサンス初期にかけて、ソロモン王に帰せられる多くのリモワール（魔術書）が書かれたが、それらは中世盛期のユダヤ教カバラとアラビア錬金術の書物の影響を受けており、さらに遡れば古代後期のギリシア＝ローマ魔術に辿り着く。

そしてその中で特に有名なものとして『レメゲトン』があげられるが、このグリモワールは、『ゴエティア』『テウルギア・ゴエティア』『アルス・パウリナ（パウロの術）』『アルス・アルマデル・サロモニス（ソロモンのアルマデル）』『アルス・ノウァ』の五つの魔術書を合冊にしたもので、『ゴエティア』はソロモン72柱の悪魔を扱ったものとして有名である。

そしてこれらのグリモワールは、秘密結社ベルウェザーの教義として受け継がれてきたのである。

房子は、『ゴエティア』に記されたソロモン72柱の悪魔のリスト表を光に示して話を続けた。

「ソロモン王は、エルサレム神殿を建設するにあたり悪魔たちを使役して働かせた、という伝説があることはあなたも知っているでしょ。三世紀成立の旧約偽典『ソロモンの聖約』では大天使ミカエルから悪魔を支配する力を持つ指輪（ソロモンの指輪）を授かり、それを用いるという内容が書かれているわ」

『真理の証言』や『アダムの黙示録』のようなグノーシス主義系の文献にも、ソロモン王の悪魔使役伝説が記されている。イスラム教圏でもスレイマン（ソロモン）が精霊ジンの力を借りたとされ、オリエント圏の魔術に影響を与え、ヨーロッパの魔術・オカルトにも持ち込まれた。

「ソロモン王はダビデ王の息子で、異母兄弟のアドニアと王位継承権をめぐり争った後、ダビデ王の遺言によって紀元前九六七年に新国王となったのですよね？」

光の頭の中でのソロモン王は、軍人出身の父王とは違い平和外交や経済強化策を進めることで、イスラエル王国の領土問題の解決にあたったという認識であったため、エウメロスに協力することは意外であった。

「そうよ。言い伝えによると、ダビデ王は周辺諸民族も従え、パレスチナ全域を支配する統一帝国を建設したことは知っているわね。そのイスラエル王国は、ソロモン王の時までの紀元前十世紀中頃が最盛期で、エルサレムにはヤハウェ神殿が建設され、『ソロモンの栄華』と称されたのよ」

ダビデ王とソロモン王は、二人とも旧約聖書に現れるだけの人物で、その実在は確実とはいえないことは、光も知るところであった。

「そしてソロモン王は、エジプトのファラオの娘を王妃に迎えるのだけれど、ここが問題ね。エジプトのファラオはエウメロスに操られていると見た方がいいわね」

房子から、エジプトのファラオの娘がソロモンの王妃に迎えられたという説明を聞いた光は、ようやく納得した様子であった。

「ダビデ王の時代に統一イスラエル王国として、十二部族が一つにされたということは知っています。しかし次のソロモン王は、この安定した政治基盤を背景に強権的となったのかも知れませんね。『列王記』や『歴代誌』にソロモン王が厳しい苦役や重いくびきを強制したと伝えられているのは、そのファラオの娘を王妃に迎えた後からだということだと合点が行きます」

光の中で一つの絡まった糸がまた解けていた。

「そうね。ソロモン王の治世は四十年続いたのだけど、晩年は国内各地で相次ぐ反乱が起きるの。そしてソロモン王の死後、イスラエル王国は分裂し、弱体化してしまったのよ」

光は房子の話で、エウメロスがソロモンの72柱の悪魔を現代に蘇らせようとしていることは理解できたが、エウメロスは蘇らせた悪魔をどのような目的に使うのか？　またそもそも、まだ蘇らせていないのであれば、それを阻止する方が合理的ではないかと光は思った。

すると房子が光の頭の中を見透かすように応えた。

「そうね。あなたの疑問は当然のことね。先ずは、エウメロスは蘇らせた悪魔を何に使うのかなんだけど、アトラスを蘇らせることがエウメロスの悲願なのだから、そのための舞台を悪魔につくらせるためとだ思うわ。この悪魔たちは建築が上手なのよ」

伝説によると、ソロモン王は七二の悪魔を使役してヤハウェ神殿を建設したと言われていた。

「そして、72柱の悪魔を蘇らせるのを黙認するのは、エウメロスにアトラスを蘇らせるための魔法陣を再びつくらせるためよ」

房子は、こんな簡単なこともわからないのかと言わんばかりであった。

「ソロモン72柱の悪魔によって円陣と呼ばれる魔法陣がつくられ、そのアルターストーンにエウメロスが立ったとき、そう、そのときこそがエウメロスが最期を迎えることになるのよ。そしてそのとき、もしもアトラスが蘇りでもしたら一石二鳥じゃない？　アトラスも滅ぼすことができるんだから！」

光はおとなしく房子の話を聞いていたが、そんなに上手く行くようには思えなかった。しかしその疑念も房子には筒抜けであった。

「確かにあなたが心配するように、エウメロスを、そしてアトラスを簡単に葬ることはできないとは思っているのよ。そのためにあなたに働いてもらうのだから」

房子に何らかの役割が与えられると思っていた光は、やっと本題に入ってきたと思った。

「ん？　やっと本題に入ったという顔をしているわね。まあいいわ。さすがに完璧にアトラスを蘇らせてしまうことは、あなたの考える通り、合理的な策ではないわね。しかし、あと一歩で舞台が完成するという時に工事人が現場を放棄したらどうなるかしら？　現場監督は慌てるんじゃないかしら」

房子は、自分の魂の中には名軍師張良子房がいるのよ！　と言わんばかりであった。

「なるほどそうですね。しかし、そのタイミングはどうやって計るのですか？」

光は、房子の策は正しいが、その裏付けがよくわからなかったのだ。すると房子は、エウメロスがどのような方法でアトラスを蘇らせるかを説明する前に、光たちの役割を説明しだした。

「あなたには君島くんと協力して、ソロモン72柱の悪魔を呼び出した渋谷のホロスコープのマークの消去をお願いしたいの。ソロモン72柱の悪魔たちは、この世界への出入り口を絶たれると、再び冥府に戻ることになるのよ」

房子の説明では、エウメロスがアトラスを蘇らせる舞台を造り終えた段階で指示を出すので、そのための準備を整えておいて欲しいとのことであった。

「わかりました。それでは私と剛は、ソロモン72柱の悪魔が呼び出された『印』を確認して、それらを消去するための悪魔を封印する結界を整えればよいのですね」

房子は、ソロモン72柱の悪魔たちの出入り口を絶つ方法は、改めて連絡するが、先ずは、呼び出された「印」の確認を、西嶋教授の協力を得て行うことを光に託したのだった。また、悪魔たちの出入り口を絶つときも、おそらくは西嶋教授から人手の応援を受けることになるだろうと房子は言っていた。

「ところで先生、その西嶋教授は、グリーン教授のようなことになることはありませんか?」

このとき光は、聞きにくそうに声を潜めるよう房子に尋ねた。

「まあ、大丈夫よ。あの先生はナイトウォーカーについてはまったく門外漢だから、ベルウェザーも興味を持つことはないと思うわよ」

房子の言葉を聞いた光は、フッとため息をつきながら、胸をなでおろしたのだった。

中国黄山の魔法陣

西嶋教授への依頼事項を伝え終えた房子は、続いてエウメロスによるアトラスの蘇生のための舞台について説明を始めた。

「あなたがストーンサークルの中で見た円陣と呼ばれる魔法陣よりももっと大きなスケールで魔法陣がつくられることがわかっているの。これは黄竜様のお墨付きなの」

黄竜様とは、この国の諸元の神である大物主となったエヴァの意志を受け継ぐ者である。大物主神の神名の「大」は「偉大な」、「物」は「鬼、魔物、精霊」と解し、名義は「偉大な、精霊の主」と考えられる。すなわちこの国の神代の基になった者であった。

光は、これまでの経緯で、何でも見通すことができる房子には、おそらくその「黄竜様」の声が聞こえるのだろうと思った。いずれにしても、これまでの房子による説明で、光の頭の中では、それまでの絡み合った糸はほとんど解きかけていた。

「アルターストーンの場所もわかっているのですか?」

光の疑問に、房子の目がきらりと光った。房子は、今度は東シナ海を挟んだ日本と中国の地図を広げて説明を始めた。

「アルターストーンは中国安徽省黄山市にある黄山よ。その西には九州の桜島があるでしょ。東は中国湖南省の北西部にある張家界よ。そして北は河北省承徳市の磬錘峰と天津直轄市の天津港、南は福建省南部の厦門にある日光岩よ」

黄山は、中国上古の伝説上の王である黄帝がこの山で不老不死の霊薬を飲み仙人になったと言われる山で、峰と雲が織り成す風景は、まさに仙人が住む世界「仙境」である。

東西南北円陣となる山は、九州の桜島を含めてどれもがその地での霊峰と言われているものであ

アトラスを蘇らせるための壮大な魔法陣

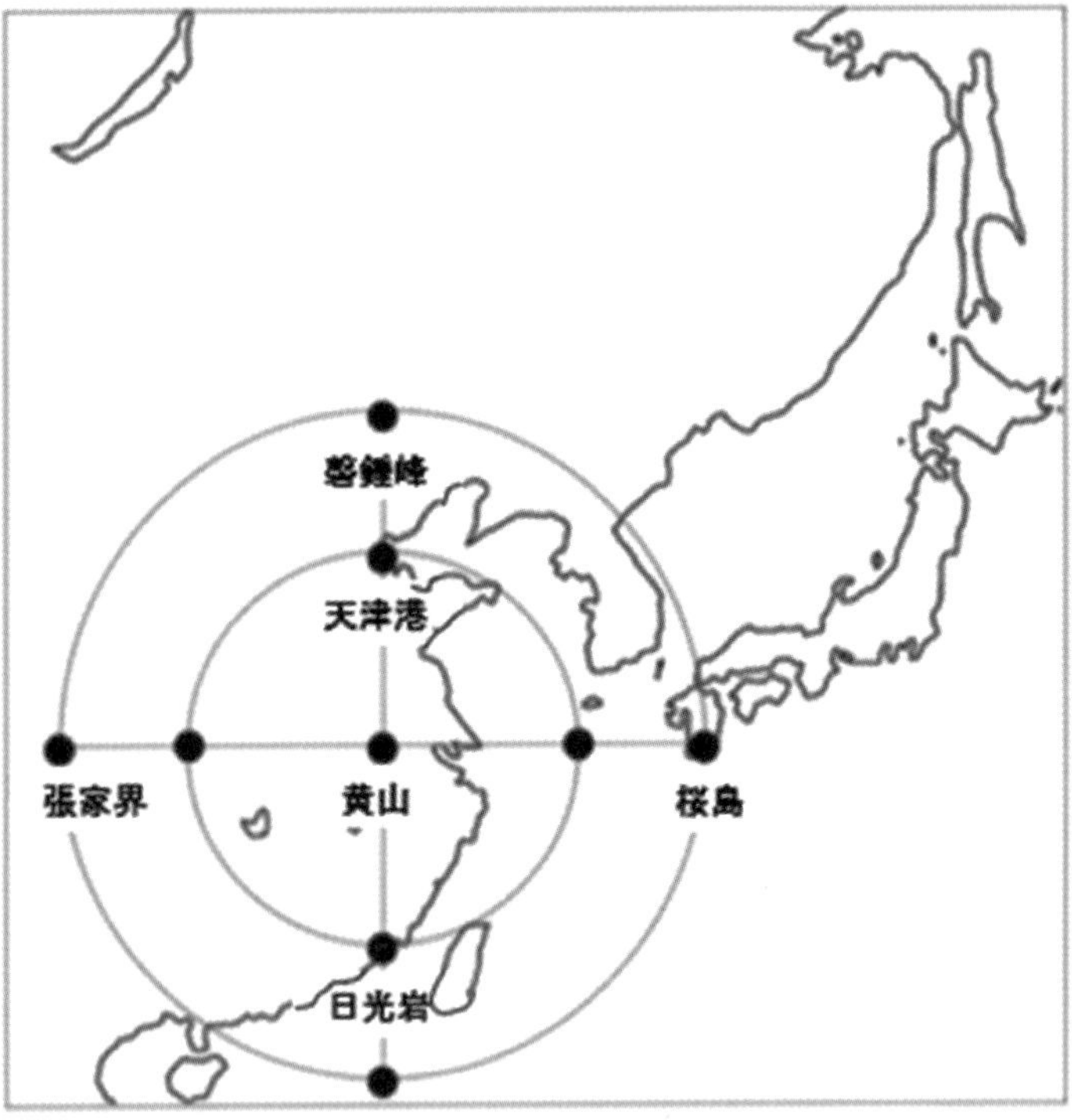

る。特に武陵山脈にある張家界は、険しい峰が連なるカルスト地形の奇観で知られている。また河北省の磬錘峰《けんすいほう》は、承徳の街のどこからでも見えるシンボル的「奇岩」で、俗名は「棒槌山」ともいう。厦門にある日光岩は、コロンス島の最高峰龍頭山（海抜九十二・六八メートル）の頂上にある巨岩である。

「これらの山は、既に米軍の偵察衛星が二十四時間体制で監視を行っているのよ」

米軍の偵察衛星と聞いた光は、何故米軍がという顔をしたため房子は説明を続けた。

「アッシャーは、世界的な規模でベルウェザーと対峙する組織なのよ。もちろんベルウェザーの方も世界的な犯罪秘密結社なので、そうなるのは当たり前のことなんでしょうけどね」

光には世界的な規模と言われても、雲をつかむような話であった。しかし、自分と剛に課せられた使命がいかに重要なものなのかは充分に理解していたのだった。

西嶋教授

二〇一八年十月初旬、光と剛は渋谷の梅香学院大学東京キャンパスの西嶋教授の研究室を訪ねるため、渋谷のスクランブル交差点を渡り桜丘町方面に向かって歩いていた。渋谷の街は徐々に秋めいてきて、まだ少しずつではあるが、ハロウィンの飾りつけも目に付くようになっていた。

「しかし、いつ来てもこの街は人で溢れかえっているよな。ハロウィンではこの交差点付近は、地面が見えないくらい混雑するんだろう?」

京都から新幹線で品川に着き、山手線に乗り換えて原宿駅で光と落ち合った剛は、二人で明治神宮に参拝した後、電車には乗らず歩いて渋谷方面に向かった。山手線と並行する明治通りを南に歩くのは、山手線から見える沿線に落書きが多くあるためであった。

「ハロウィンのフィナーレは、今月末なのだけど、最後の週の金曜日にこの街に集まる若者の数は、ここ数年、どんどんと増えているらしいのよ。そして、テンションが上がった一部が暴徒化して問題を起こしているし……」

光はそう言うと、毎日こうして剛と歩きながら高校に通ったことを思い出していた。光と剛は、高校時代は横浜にある高校に通っていたため、渋谷や新宿といった繁華街に好んで行くことはなかった。

「渋谷ハロウィンって、今年はやりません! なんて言えないのかね」

剛はスクランブル交差点を渡り終わると、再開発が進む渋谷駅を左手に見ながらモヤイ像の前を通り、新しくできたペデストリアンデッキの階段を上りながら呟いた。

「渋谷ハロウィンって、池袋や川崎のハロウィンと違って主催者がいないのよ。みんなは勝手に集まって、勝手に騒いでいるの。だから、渋谷には来ないでなんて言えないよ」

光は、玉川通りをまたぐペデストリアンデッキをセルリアンタワーに向かって歩きながら、剛を諭すように言った。ペデストリアンデッキをセルリアンタワーに向かって降りる階段の手すりにも、タギングと呼ばれる落書きが多くあった。

玉川通りに面して建つ梅香学院大学東京キャンパスの大学院等

「この建物の四階が西嶋教授の研究室ね」

階段を降りた歩道に面する事務所ビル風の建物の上には、梅香学院大学東京キャンパスという看板が掲げられていた。

「へ～、なんだか事務所ビルみたいだが、これが大学のキャンパスなのか?」

梅香学院大学東京キャンパスは都心型キャンパスで、塀で囲まれた通常の大学キャンパスとは違い、渋谷桜丘町に点在するいくつかの建物に、教室や研究室、図書館などが分散して配置されていた。

建物のエレベーターで四階に上がると、小さなエレベーターホールのすぐ前が西嶋教授の研究室であった。ドアは開いていて中からゼミ中らしい声が聞こえていた。光と剛は開かれたドアを軽くノックして中に入った。

「お～、岡本さんと君島さんですね！　ようこそいらっしゃいました。今、この二人にあなた方のことを説明していたところだったんですよ」

西嶋教授は光と剛を歓迎しながら、二人の学生を紹介した。学生は相田真優と板谷一樹という梅香学院大学経営学部の三年生であった。

「西嶋先生、今日はお世話になります」

光と剛はペコリと頭を下げると、西嶋教授に促されてゼミ用のテーブルを囲む椅子に腰を下ろした。

「秦先生には文化経済学会でお世話になっているのですよ。お二人は渋谷グラフティー、つまり落書きを調べておられると秦先生から伺っております。この相田君と板谷君は、ゼミ課題で『渋谷の落書き問題』に取り組んでいるので、今日は呼んでおいたのですよ」

西嶋教授に促されて、学生二人は立ち上がって光と剛に向かって頭を下げて挨拶をした。

「西嶋先生、ありがとうございます。実は私たちが調べている落書きとは、ホロスコープのマークなのですが……」

光はそう言うと、鞄からファイルを取り出すと、テーブルの上にホロスコープの十二のマークが描かれた図を示した。

「ほお……、ホロスコープですか。私は蟹座なのだけど、これが蟹座のマークなんだ？　ふむふむ」

光は、目の前でホロスコープの図柄に感心する西嶋教授を見て、房子が言った「あの先生はナイトウォーカーについてはまったく門外漢だから」という言葉を思い返して納得した。

「渋谷の落書きで、このマークが描かれていないかを探すことで、先生のお力をお借りできますとありがたいのですが、いかがでしょうか」

光はそう言うと、西嶋教授ではなく二人の学生に目配せをして微笑を浮かべた。するとサインを送られた二人の学生は、頬を赤らめながら固唾を呑んだ。

「ふむふむ。君たちはこのマークの落書きは見たことがあるのか？」

西嶋教授は、光の前で緊張する二人に尋ねると、二人は一も二もなく首を振って頷いた。その様子を見た光は、鞄から次の資料を取り出した。

「それでは、この地図を見てもらえますか？」

光はそう言うと、テーブルに渋谷の地図を広げた。

渋谷に施されたヘキサグラムで、６つの領域が示された地図

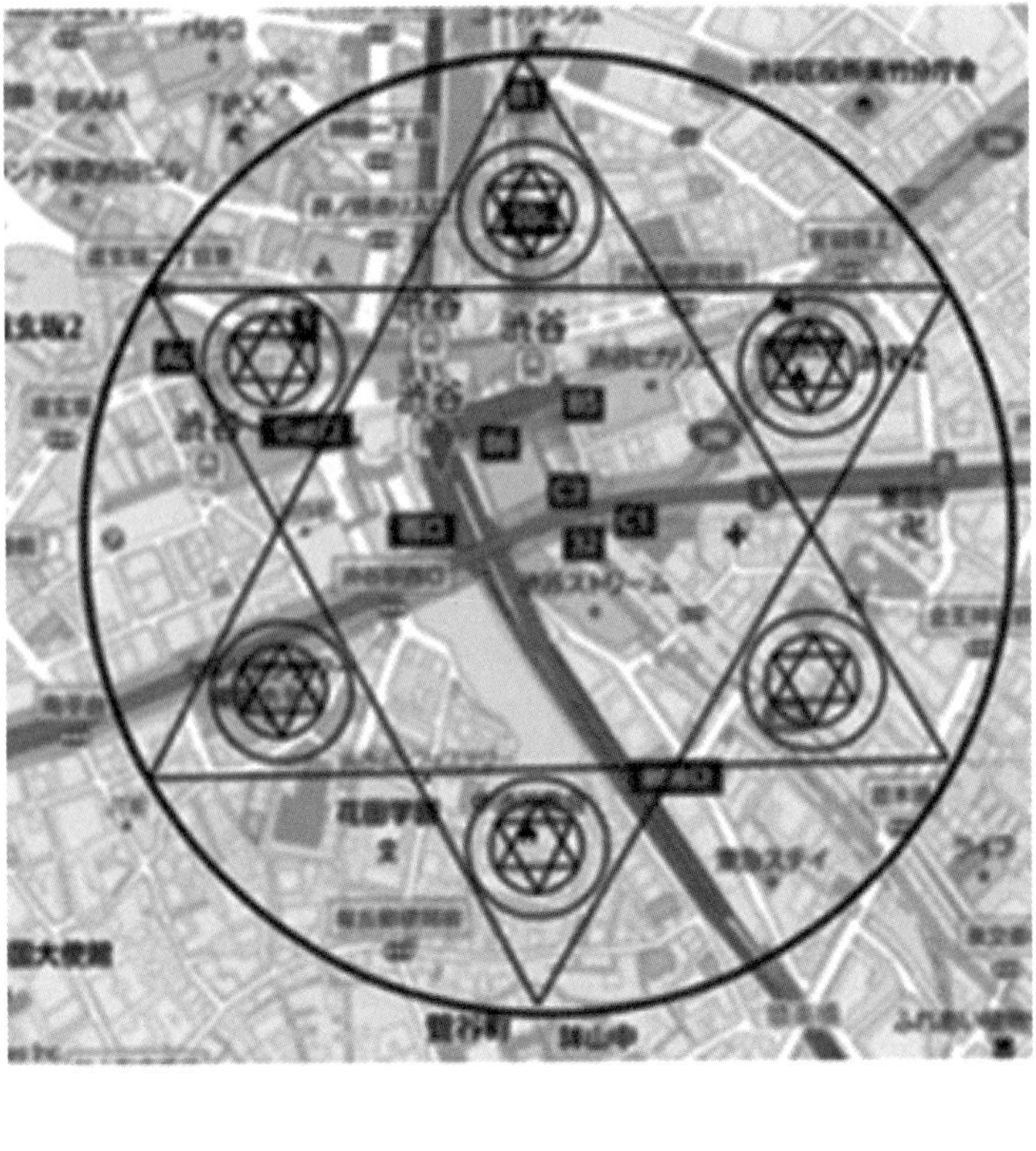

「え？　これって『堕靡泥《ダビデ》の星』じゃないですか？」

板谷が突然声をあげた。

「なんだよ？　お前、急に素っ頓狂な声をだして！　すいません！　こいつ、オタク入っているものですから！」

相田は慌てて板谷の口を塞いで、光と剛に頭を下げた。

「あ、すいません。昔読んだ漫画に出ていた印と同じものだったから」

相田の束縛から逃れた板谷は、頭をかきながら恐縮していた。

「『堕靡泥の星』って、ホロコーストに心を奪われた神納達也が、虐待を繰り返した父を殺して自由を手に入れ、その後、殺人と強姦を繰り返すって漫画だろう？」

剛がニヤリと笑って板谷に向かって言葉を投げた。「堕靡泥の星」とは、一九七一〜一九七六年まで芸文社の「漫画天国」に連載された劇画で、四十年以上前のものであった。

「ハイ！　その通りです！　いや〜、感激だな〜。『堕靡泥の星』を知っている人がいるなんて！」

お道化る板谷のおかげで、緊張した場の雰囲気が一気に和やかになった。

「剛、ありがとう。確かにこの印は『ダビデの星』と言われるものです。ダビデの星は、六芒星あるいはヘキサグラムとも呼ばれていて、古代イスラエルのダビデ王に由来するとされますが、歴史的に実在したか不明のダビデ王との関連を示す証拠はありません」

光の説明を、剛と板谷はまだニヤニヤしながら聞いていたため、相田が板谷を横から肘でつついて、「いい加減にしろ」と小声で窘めていた。

「それでは岡本さん、この二人にはその地図の場所にあるホロスコープの落書きを探させればよろしいのですね？」

西嶋教授も、さすがに板谷のオタク振りに心配したのか、話をまとめようとしていた。

「先生、そうお願いできますと大変助かります」

光もまだ若気《にや》ける剛に対して、相田がしたように横から肘でつついて、「あなたもいい加減にしなさい」と小声で窘めた。

「ところで岡本さん、私も随分と渋谷の落書きは見ていますが、ホロスコープの落書きは今回が初めてです。そしてそれは、ヘキサグラムの図承の枠組みで配置されている。これには何か理由があるのでしょうか？」

西嶋教授の質問に、「やっぱり来たか？」と光は内心でそう思った。

「いえ、どうやら、ユダヤ陰謀論を唱える輩がいるようなんです。だから、現場を記録することで、その者に警告することが目的なのですよ」

光は、ありもしないデタラメを、急場しのぎのつくり話で応えると、さいわい西嶋教授はそれ以上の深掘りしなかった。

「それでその調査は、いつまでに結果をまとめたものをお送りいたしましょうか？」

西嶋教授は、相田に手帳を出すように指示しながら光に尋ねた。

「おそらくは、現時点ではすべてのエリアで十二宮がすべて揃っていることはないと思います。しかし、ハロウィン週間のフィナーレまでには必ずやすべてのエリアの十二宮が揃うものと思われます。その時点で、ご連絡頂けますと助かります。それから、エリア毎に落書きが発見された日を、このシートに書き入れてもらえますでしょうか」

光はそう言うと、西嶋教授に六枚のヘキサグラムが描かれたシートを渡した。

６つの領域毎に発見された日を記録できるシート

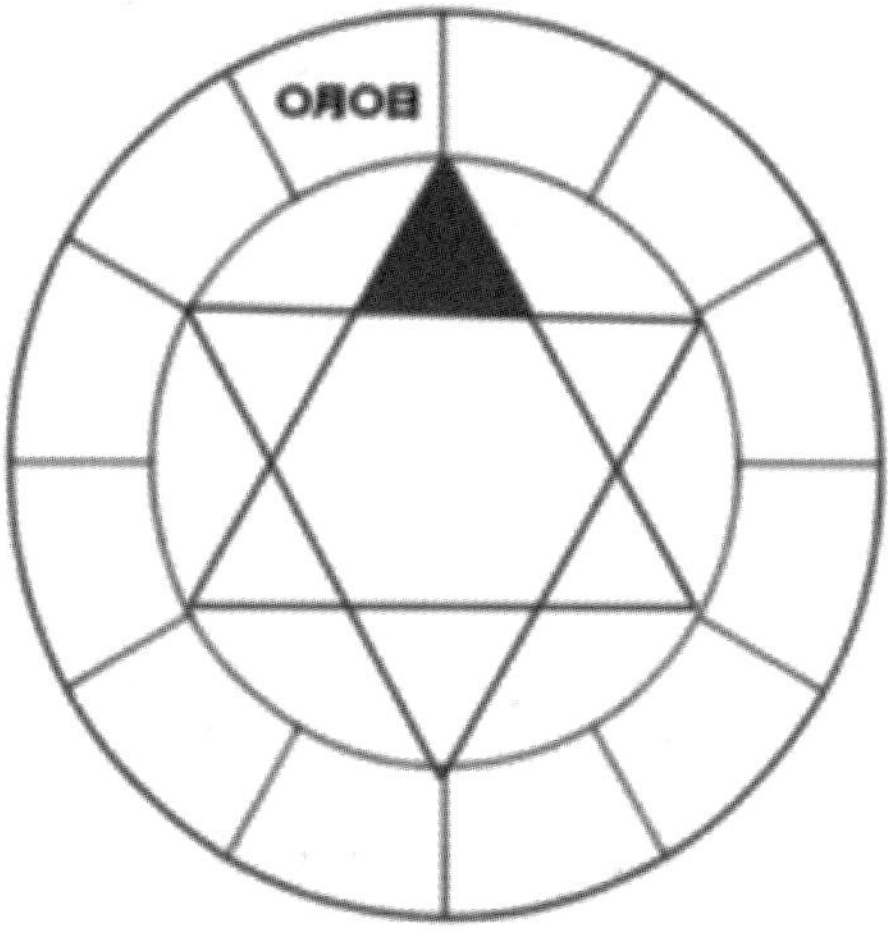

光と剛が西嶋教授の研究室を退散した後、相田と板谷も作業工程について、教授からしつこく念押しされて研究室を後にした。

「しっかし、ユダヤ陰謀論を唱える輩なんて、危ねーな！　日本人とユダヤ人が共通の祖先を持つという『日ユ同祖論』というのを聞いたことがあるけど……」

板谷は剛と『堕靡泥の星』の話をしたことで、未だに興奮冷めやらずであった。

「お前、本当にオタクだな〜。そんな『日ユ同祖論』なんて、いったいどこから仕入れてくるんだよ！」

相田は、板谷のオタクぶりはいつものことだと呆れたように言ったが、板谷には暖簾に腕押しであった。

「それにしても、岡本さんっていったっけ？　綺麗な人だったな……」

板谷が頬を赤らめながら呟くと、これには相田も大きく首を縦に振って頷き同意した。

「光さんっていったっけ？　またお逢いしたいな〜」

相田も板谷のように、ほんのりとした顔で呟いた。

「そうだ！　とにかく素早く一つのエリアの調査をして、岡本さんに見てもらわないか？」

板谷の提案に相田も相槌を打って賛成した。

「いや〜、頑張るぞ！　俺、大学生で良かったと、今日、初めて思うよ！　は！　は！　は！　は！」

二人は肩を組んで高笑いしながら、喜びを分かち合っていた。すると二人の後ろには、二人を追う邪悪な目が光っていた。意気軒昂に明日のグラフティー調査を語る二人には、自分たちを見つめる邪気に気づくはずもなかった。

梅香学院大学東京渋谷キャンパス
西嶋研究室でポーズをとる
板谷（左側）と相田（右側）

14　相田と板谷

ベルウェザーの襲撃

　次の週明け、光のもとに板谷からのメールが届いた。ヘキサグラムが示す三つのエリアにおいて、十二宮サークルを確認したので、一緒に現場を見てほしいということであった。そしてその日、光は相田と板谷とともに三つのエリアにある、合わせて三×十二＝三十六の落書きを見て回ったため、最後の中渋谷ガード駐輪場付近でホロスコープの落書きを確認し終えたときは、既に日も暮れかけていた。

　すると隧道の反対側である井ノ頭通り入口交差

山手線をくぐる中渋谷ガード駐輪場の隧道

点側の出入口に、大柄な男の影がこちらを向いて立っているのが見えた。隧道が暗いので男の容姿はわからなかったが、こちらを睨むように立っているようだった。

「相田くん、板谷くん、私の後ろに下がってくれる！」

不審な男の放つ殺気に気づいた光は、二人の学生を自分の後ろに下がらせた。すると隧道の男は四つん這いになると、こちらに向けて突進して来た。これを見た光は、振り返り隧道に背を向けると、板谷と相田を抱きかかえるようにして身を伏せた。

「え？　光さん、何がどうしたんですか？」

急に光に抱きかかえられた板谷は、光の胸に顔をうずめるような態勢から、なんとか首を伸ばそうとした。

「ウ……、光さん、その……、胸が当たっているんですが……」

そして板谷は、光の肩越しに隧道の向こう側を覗くように見た。すると隧道の向こう側から、大きな犬のような獣がこちらに向かって突進して来るのが見えた。

「うわ～！　なんだ？　あれは？」

板谷は思わず目をつぶってしまった。邪気を放つ不審な影は人狼であった。そして人狼が四つ足でこちらに向かって来ると、光はもはや逃げるのは無理だと判断し、二人の学生を自分の体で覆うようにして身を低く伏せさせたのだった。

「ギャウ～～ン！」

身を伏せて目をつぶっていた三人の頭の上で、動物がこん棒か何かで打ちのめされたような鈍い音と野獣の悲鳴が聞こえた。そして光が頭を上げると、黒い道着の虚無僧らしい男数名が棍棒をもって立ち、その前に大きな狼らしい獣が横たわっていた。

男たちは光に一礼すると、倒れた野獣を白い布で包み素早くその場から姿を消してしまった。この間、僅か数分の時間で、相田と板谷はまだ両手で頭を抱え、目をつぶったままでうずくまっていた。

「相田くん、板谷くん、もう大丈夫だよ」

光に言われて、相田と板谷は恐る恐る頭をもたげた。

「光さん、さっきのあれは何だったんですか?」

板谷がひきつった顔で尋ねた。

「うん、散歩中のシェパードのリードが外れてこちらに向かって来たみたいね。だけど、飼い主さんが走って来て捕まえたので、もう大丈夫だよ」

光は周囲を見渡して、不審者がいないか注意を怠らなかった。

「でも、ギャウ~~ン!　って、とんでもない鳴き声がしたみたいですが……?」

相田も板谷に続いて頭をもたげて光に尋ねた。

「うん、飼い主さんがリードを掴んで引っ張ったから、シェパードの首がしまったんじゃないかしら」

光は、周囲に不審者がいないことが確認できたので、涼しい顔でそう嘯いた。

危ないところを辛うじて救われた光と二人の学生は、その後、次回調査する残りのエリアの調査結果を、来週までに報告することで合意して別れた。光はすぐさま房子に今日の出来事を報告した。そして房子からの返事は、光を安心させるものであった。

「岡本さん、やっぱり人狼が襲って来たわね。でも、八咫烏が来てくれたでしょ？」

房子の口調は、何も心配していないようであった。

「八咫烏……？　ですか？」

光たちを人狼の襲撃から救ったのは、八咫烏の戦闘集団であった。そして八咫烏の戦闘力が優れていることと、相田と板谷が気づかない間に秘密裏に事件を処理した八咫烏の能力を目の当たりにした光は、ただ感心し安心したのだった。

実は光と剛がロンドンから帰還してからは、二人に知らせることなく、また二人が気づかないように、二人の周囲には常に八咫烏の警固が張り付いていたのだった。そのためロンドンから二人を追って来たアザエスも、二人には容易に手出し出来ずにいたのだった。

しかしエウメロスの指示で、ソロモン72柱の悪魔をハロウィン週間フィナーレに呼び出す準備が進む中、それをどうやら秦房子に気付かれたとわかったアザエスは、アッシャーに計画を阻止されるのではないかと焦っていたのだった。

そして光が、渋谷においてヘキサグラムに施しつつある十二宮サークルの落書きを偵察に来たことで、アザエスは光を人狼に襲撃させたのだった。しかし、八咫烏の護衛の戦闘力が人狼をはるかに上回っていたことは、アザエスにも想定外であった。そのため今ここで、アッシャーとの組織的な全面戦争を開始するのは得策ではないとアザエスは判断したのだった。

その日の出来事の後、相田と板谷は何事もなかったかのように、渋谷駅近くの公園のベンチに座り、コンビニで買ったホットコーヒーを飲みながら次回の調査についての確認をしていた。

「今日最後に遭遇したシェパード襲撃事件、光さんは、飼い犬のシェパードのリードが外れたと言っていたけど、あれは違うね！」

板谷は二人を庇う光の肩越しに、人狼が自分たちに向かって走り来るのを見ていたのだった。

「なんだよ！　お前、光さんに抱きかかえられたもんだから、夢でも見たんじゃないのか？」

相田は真剣な表情で真実を追求しようとする板谷に対し、呆れたような顔をして突き放すように言った。

「いや〜、確かに光さんに抱きかかえてもらってさ、これってヤバいんじゃない？　ああ、なんて良い匂いなんだろう〜！　ってさ、天にも昇る気持ちだったのは確かなんだけど……」

相田から「光さんに抱きかかえられた」と言われた板谷は、それまでの真剣な表情を突然緩ませると、今度はニヤニヤして言いながら、両手を組んで天を仰ぐ姿をした。すると相田もすぐさま同じ格好をして、二人並んでベンチから立ち、神に感謝する格好をした。

しかし板谷は再び真剣な表情に戻ると、組んだ両手を解いて拳を握りしめ、それを頭の上に掲げて、興奮気味に叫んだのだった。

「それでもあれは、ぜ〜たいに犬ではない！」

再び真実を追求しようとする板谷に対して、相田はまたしても呆れ顔をして口をへの字に曲げた。

「天に祈ったり、怒ったり、忙しいやっちゃっな～。まあ、落ち着いてここに座れよ」

相田が板谷をなだめるように言うと、板谷は鼻息をフンフンと鳴らしながらベンチに座った。

「確かにあのとき俺も何かを聞いたよ。今まで聞いたことのない獣が叫ぶような声をね。うん、確かに聞いたような気がする」

相田はいつも板谷より、物事を冷静に見ようとしていた。

「だろう！　だろう！　あれはぜ～たいにシェパードなんかじゃないよな！」

板谷は相田の賛同を得たことで、再び両手の拳を握りしめて何度も「よし！　よし！」と叫んだ。

「じゃ、何だったんだよ？　お前、見たんだろ？」

はしゃぐ板谷に相田が冷水を浴びせた。

「へ？　何だったんだよって、そりゃぁ……、お前……、あれだよ！」

板谷も実は恐ろしくて目をつぶってしまったので、向かって来る獣のような生き物が具体的に何かは、きちんと見てはいなかったのだった。

「アハ～ン、お前、実は怖くて目をつぶっていたんだろ？　しかし、俺はお前を責めやしないよ！だってさ、光さんの胸がググ～っと、こう、俺たちの目の前に迫って来ればさ、誰だって目をつぶっちまうのは当り前さ！」

相田は再び天に拝むように手を組んで祈る姿勢になった。

「そうだなぁ！　しかしよ！　光さんの胸、なんかこう？　平らな板のような感じだったよなぁ？」

板谷がぶっきらぼうにそう言うと、相田が烈火のごとく怒り出した。

「なんだと！　この変態野郎！　お前、なんという不謹慎なこと言ってんだよ！」

相田の剣幕に板谷はタジタジになり、この話はそこで打ち切りとなった。そして二人は何もなかったかのように、次回の落書き調査の工程を確認し始めたのであった。

悪魔の封印計画

板谷から落書き調査完了の知らせが光のメールに届いたのは、十月二十五日であった。そのため翌日の二十六日の午前中に渋谷駅ハチ公前で待ち合わせした三人は、ヘキサグラムが示す残りの三つのエリアにおいて、十二宮サークルを確認し終えたのはお昼を少し回った時間であった。

光は道玄坂にあるロイヤルホストで、学生二人に慰労を兼ねてお昼ご飯をご馳走していた。

「いや〜、このファミレス、俺ら学生には高嶺の花なんすよ！　しかもステーキなんて！　嬉しいなぁ〜」

相田が肉をほおばりながら嬉しそうに言った。

「お前、肉を食いながら喋るじゃねぇよ！　光さんの前だぞ！　行儀悪いんだから！」

そう言う板谷も口いっぱいに肉をほおばりながら喋っていた。

「ふ、ふ、ふ、二人ともたくさん食べてね！　お代わりしてもいいのよ！」

光は大食漢が好きだった。

「今日が二十六日、ハロウィン週間フィナーレは三十一日なので、残り五日ってところで十二宮サークルが全部揃いました。俺たち、先週から毎日、残りのエリアの調査をしたんですが、このホロスコープのマークってやつは、ポツリポツリと現れるもんですから、苦労しましたよ！」

板谷はステーキを全て平らげると、空になった鉄板焼プレートを見つめていた。

「この落書きは、いったいどんな奴が描いているんでしょうか？」

相田もステーキを全て平らげると、空になった鉄板焼プレートを見つめた。

「あら、まだいけそうね？　お代わりいかがかしら？」

光がそう言うと、待ってました！と言わんばかりに板谷が手を挙げてウエイトレス呼び、ステーキの注文をした。

「あ！　ライス大盛りでお願いします！　え～と、そうそう、一度通り過ぎた場所に、三〇分くらいして戻るとあったりしたんですよ！　俺たちが歩いた時間は真っ昼間です。人通りもありました。それなのに誰がどうやって描いたのでしょうか？」

板谷もホロスコープの落書きについて、その真相を知りたがった。空の鉄板を寂しそうに見つめる二人を見た光は、このまま本当のことを言わずに協力させることが気の毒に思えてきた。そして光は二人に本当のことを告げることにした。

「あの落書きは、本当のことを言うと、悪魔が人の魂を盗んで描かせたものなの。だから、描いた人も落書きしたという自覚がないのよ」

光の話を聞いた相田と板谷は、光が自分たちに真実を話してくれたことに感動した様子だった。

「それじゃあ、本当のノーウェア・マン（nowhere-man）じゃないですか？」

相田が落書き犯にネーミングをした。

「ノーウェア・マン？　なるほどそうなるかしら。それって相田くん、あなたが考えたの？」

光がそのネーミングに感心していると、板谷が横から割って入った。

「違いますよ！　光さん、ノーウェア・マンは、西嶋先生が付けた落書き犯の名前ですよ。こいつにネーミングのセンスはありませんから！」

板谷は、相田が光に褒められることは許せないようだった。

「それで、そのノーウェア・マンは、悪魔に魂を盗まれるとどうなるんですか？」

相田は板谷の横やりも意に介することなく、核心に迫って来た。

「相田くん、鋭いわね。そこが核心なのよ。悪魔はね、72柱の魂を操り、ある恐ろしいことを計画しているの」

光の言葉に、相田も板谷も身を乗り出さんばかりに食らいついて来た。

「それって！　俺たちの力で止めることはできませんか？」

板谷がテーブルに乗り出して光に迫った。すると再び興奮してきた板谷を、相田が慌てて席に引き戻した。

「え？　あなたたちが72柱の魂を救ってくれると言うの？」

光は房子から、今回の渋谷へキサグラムによる72柱の悪魔の封印の方法を聞いていて、それには自分と剛以外に三人の禊を行う者が必要なため、どうしたものかと考えていた。房子は黄山に行かなければならないため、数に含めることはできなかったのだ。

「やらせてください！　ここまで協力させてもらったのだから、最後まで完結させてください！」

今度は相田が身を乗り出して光に迫った。

「わかったわ。ありがとう。あなたたちの勇気には感謝します。でもあなたたちの他にあともう一人の協力者が必要なのだけど……？」

光は、八咫烏の万全の護衛があるので、学生二人を巻き込んでも大丈夫だと考えていた。

「え？　あと一人って、大丈夫ですよ！　いるじゃないですか！　ノーウェア・マンの名付け親が！」

板谷が笑いながらそう言うと、相田も大きく頷いて賛成した。

「え？　西嶋先生を？　でも、大丈夫かしら？」

光は、房子が言った「あの先生はナイトウォーカーについてはまったく門外漢だから」という言葉を思い出して心配そうに言った。

「大丈夫ですよ！　ああ見えてもあの先生は、毎朝神社に行ってお参りしているそうですよ！　きっと悪魔も嫌がること間違いなしですよ！　ウッシ、シ、シ！」

板谷がおかしな笑い方するので、相田は肘で板谷の横腹を突いた。するとウエイトレスがステーキの鉄板プレートを二枚運んで来た。

「うわ〜！　来た！　来た！　さあ！　食うぞ！」

板谷と相田は、西嶋教授も引き込んで悪魔退治をすることを自分たちで勝手に決め込んで話を終わらせてしまった。そのため光も、二人に強引に引っ張られたかたちで、二人が決めたチームを承諾したのだった。

15　截教の妖桓魋

SSF・中国人民解放軍戦略支援部隊

二十一世紀の宇宙開発の発展により、米国の宇宙軍（USSF＝United States Space Force）など、実際に「宇宙軍」の名称をつける国も現れている。独立せずに空軍内の部隊とする国もあり、ロシア連邦における航空宇宙軍（BKC）のように空軍を「航空宇宙軍」と名称変更する国もある。

中国では、人民解放軍が現代戦を執行する際の最も重要な部隊として、二〇一六年の人民解放軍の改革に伴い、戦略支援部隊（SSF＝Strategic Support Force）が創設された。このSSFが、人民解放軍の戦略的宇宙戦（SSW＝Strategic Space Warfare）を担当している。

またSSFは、情報独占（ID＝Information Dominance）を目指す人民解放軍の部隊となっており、情報戦（サイバー戦、技術偵察、電子戦、心理戦を含む）を担当する世界でも類を見ない多機能な組織として、その動向が注目されている。

SSFは二つの戦域司令部レベルの部門から組織されている。一つは軍の宇宙作戦を担当する「航天系統部（SSD＝Space Systems Department）」で、もう一つは、情報戦を担当する「網絡系統部（NSD＝Network Systems Department）」である。SSDは、衛星の打ち上げとその関連支援、宇宙情報支援、宇宙テレメトリー（遠隔にある対象物の測定結果をセンターに転送すること）、追跡、宇宙戦を担当する。

中国では、宇宙に関する能力を「宇宙（space）」と「対宇宙（counter-space）」に区別しているが、特に「対宇宙」の技術を重視していて、敵の衛星の破壊、衛生への損傷の許可、敵の偵察衛星や通信衛星の妨害などを重視しているが、いずれにしても、宇宙分野では人民解放軍が、支配的な役割を果たしている。

SSFの制服組責任者は、桓魋《かんたい》という男であった。そして桓魋は截教に属す妖で、実は熊の半獣であった。桓魋は春秋時代の宋の人物で、紀元前三三六年に滄海の戦士趙良によって一度は冥府に送られたが、エウメロスの手引きで現代に蘇っていた。

桓魋は紀元前四九二年に、孔子を亡き者にしようとしたことがあった。それは孔子が曹を去り、弟子の子路、宰我、顔回を同行して仕官先を求めての旅先のことであった。桓魋は、孔子が殷を滅ぼした周を尊び、周公の政治を今の世にも広めようとすることを止めさせなければならないと考えていた。しかし、部下を率いて孔子を襲いに来た桓魋は、顔回らによって、逆に岐山の周公の秘密が隠されている室に閉じ込められてしまった。そして、その一五六年後に、滄海の戦士趙良によって封神された。

桓魋を周公の秘密の室に閉じ込めた顔回と封神した趙良とは、闡教の導師という繋がりがあった。それは顔回が孔子との旅を終えた後に崑崙で修行して滄海君となり、趙良はその顔回の弟子として秦に派遣されていた。そして趙良が岐山の麓にある周王朝の遺跡において桓魋の怨念の存在を知ることで、それを封神したのであった。

しかして桓魋は、周公の秘密の室に閉じ込められていた間に、未来を観ることができる五行の装置で、様々な未来を観ることできた。桓魋が見た未来は、人間が愚かな戦争を繰り返すことであった。しかも未来の戦争では、原子爆弾が投下された広島・長崎の惨状が映し出され、人間が創り出した兵器の恐ろしさを伝えるものなどであった。

桓魋は截教に属す妖のために人間を滅ぼすことを目的して、人徳を説く孔子を亡き者としようとしたことがきっかけで、周公の秘密の室に閉じ込められることとなった。そして桓魋がこの室で見た未来の戦争は、まさしく人間の愚かさ残虐性を示すもので、桓魋は自分たち截教の者が何もせずとも、人は勝手に争い合い滅んでいくものだと確信を得たのであった。

そのため現代に蘇った桓魋にとっては、截教の動物・植物の森羅万象に由来する仙道の教義は、既に眼中にはなかった。桓魋は、ただ孔子や滄海の戦士の縁につながる者への復讐だけを考えていた。

桓魋はその野望を果たすために、エウメロスの手先になることを承諾したのだった。

截教に繋がるベルウェザーは、闇の武器商人として世界各国の軍隊の中枢にも入り込んでいた。そのため桓魋は、中国人民解放軍に新しく創設されたＳＳＦに入り込み、妖の能力を用いて現在の地位まで昇りつめていたのだった。

公孫起・白起と蚩尤の姜識

二〇一八年十一月初旬、秦房子は成田空港からの中国東方航空便で、上海浦東国際空港（プードン）に飛んでいた。フライト中房子は、米軍ＵＳＳＦから送られた衛星写真に目を通していた。写真は中国と日本の間で領有権問題が争われている尖閣諸島魚釣島であった。魚釣島は沖縄本島から約四一〇キロメートル、石垣島の北方約一七〇キロメートル、与那国島から約一五〇キロメートル、台湾から約一七〇キロメートル離れた東シナ海に位置している。

「桓魋は、海軍の原潜を動かす力も持っているのね……」

房子がそう呟いて見た写真には、魚釣島の沖合、日本が主張する領海ギリギリのところに浮上して

尖閣諸島魚釣島の位置

（出典：内閣官房領土主権対策企画調整室）

尖閣諸島魚釣島

人民解放軍094型原子力潜水艦「晋級」

いる人民解放軍〇九四型原子力潜水艦「晋級」が写っていた。

プードンに到着した房子は、上海トランスラピッド（リニアモーターカー）で竜陽路まで行き、そこから地下鉄に乗り換え、上海のもう一つの国際空港である上海虹橋国際空港（ホンチャオ）西側に位置する上海虹橋駅まで行った。そしてそこから黄山新幹線で黄山北駅に向かった。

黄山北駅では、公孫起と姜識が房子を迎えた。公孫起と姜識は、チャイナアッシャーのメンバーであるが、公孫起はSSFの将校でもある。また公孫起は、秦の虎狼の武将であった白起の魂を受け継ぐ者でもあった。

白起は、滄海の戦士趙良と縁を持つ白娘子の子である。白娘子は、殷王朝最後の帝辛(紂王)の時代(およそ紀元前一一〇〇年頃)、殷の都の外れに霊宝天尊を祀る道教の寺院にいた白蛇が化身した者であった。

そして姜識は蚩尤であるが、誰も姜識がいつの時代から生きているのかは知らず、謎だということであった。蚩尤は神仙と同じで、永遠の命を持つとも言われている。姜識はかつて、滄海君顔回により滄海の戦士趙良を助けて、秦を截教の妖が仕掛ける亡国の罠に立ち向かうという使命を受けていた。そして白蛇の化身の白娘子とその子白起と縁を結んだのであった。

「公孫起さん、姜識さん、お出迎えありがとう。え……と、公孫起さんは、なんとお呼びすればいいかしら……？」

房子は、自分のキャリーバッグを公孫起に預けながら尋ねた。

「白《ハク》とお呼びください。そして、こちらが識姉《シキネエ》……、あ！　じゃなくて、識《シキ》です」

公孫起の紹介に、房子は「なるほどね！」という顔をして二人の顔を覗き込むと、姜識が笑顔で頭を少し下げて挨拶した。

公孫起が魂を受け継いだ白起とは、始皇帝嬴政が生まれる前の秦の将軍で、「虎狼の将軍」として恐れられた。しかし、妖の九頭雉鶏精に取りつかれた白起は、紀元前二六〇年に秦と趙が長平で激突した戦いで、降伏した四十五万の趙兵を生き埋めにするという「長平の惨事」を引き起こしてしまった。

蚩尤の姜識は、当時白起の育ての親であったが、白起にとりついていた九頭雉鶏精を滅ぼすことで、正気の白起を取り戻した。しかし白起が殺した四五万の趙兵の霊を鎮めるために、白起の産みの親の白娘子とともに、泣く泣く白起を封神したのであった。

そして白娘子は、驪山老母によって霊力を授かった白蛇で、滄海の戦士趙良が九尾狐狸精の一番下の義妹で王貴人に化けて秦を滅ぼそうとした玉石琵琶精を封神したときに加勢した者であった。趙良は、白娘子が岐山の麓にある周王朝の遺跡において桓魋の怨念に囚われたことで、桓魋の存在を知ったのであった。

そしてさらに滄海君となった趙良の下に、劉邦の軍師として秦を滅ぼし、項羽を討って新しい国である漢をつくった張良子房は、この趙良の下で次の滄海君へとなるのであったが、その張良子房の魂を受け継いだのが秦房子であった。そのため房子は、この悲しい親子の歴史を知っていたため「なる

中国黄山

ほどね！」と頷いたのであった。

「それでは、ハクくんとシキさんでいくわね！　今度は親子じゃなくて、姉弟のようね！　ふ、ふ、ふ！」

房子はそう言って笑うと、二人の間に入って腕組みすると、ハクが用意した車に向かった。

ハクが運転する三人を乗せた車は、黄山の山麓のバスターミナルに向かった。黄山に近づくにつれて山水画に出て来る景色が広がってきた。黄山は、中国山水画の原風景となっている。

また黄山は、中国の伝説上の皇帝である黄帝が、この山で仙人になったという伝説から名付けられた山である。その風景は、七二のさまざまな形をした峰々が連なり、古くから詩人や画家など多くの人々を魅了してきた。

「秦先生には、お釈迦様に説法でしょうが、黄山は一九九〇年に、世界自然遺産と文化遺産の複合遺産として、ユネスコ世界遺産に登録されています。そのため、ここでは軍事的な活動はできないことになっているのですが……」

ハクは運転しながら、後ろの座席の房子にそう言って語りかけた。

「もちろんそうなのだけど……。ところで、桓魋は既にこの山に来ているの？」

房子は、カバンから資料を出してＵＳＳＦから送られてきた衛星写真に目を通しながら、運転するハクに尋ねた。

「司令官は既に、側近の部下数名と見たこともない異形の者たちを連れて、先週から山に入ったことが確認されています」

ハクたち中国のアッシャーは、人民解放軍だけでなく、国内のいたるところにその協力者が配されている。それは中国の秘密結社「盗跖」の名を継ぐ者たちであった。「盗跖」とは、中国の上古から続く盗賊団の首領の名で代々受け継がれている。そして「盗跖」を束ねていたのは蚩尤であった。

「アメリカから送られた衛星写真よ。尖閣諸島魚釣島に突然現れた異形の者たち（ソロモン72柱の悪魔）を、人民解放軍原潜の晋級が尖閣諸島沖で収容しているのが写っているわ」

房子はそう言いながら助手席に座るシキにファイルを渡した。

「このソロモン72柱の悪魔を束ねているのはディアプレペスでしょうか？」

島を拡大した写真には、異形の者を指揮する一人の男が写っていた。

「そう、ディアプレペスは、日本で光さんを人狼に襲わせたアザエスの双子の弟よ。そしてこの二人は、エウメロスの弟たちでもあるのよ。十月三十一日の渋谷ハロウィンのフィナーレで、ヘキサグラムの魔法陣に多くの人の負の念が集まり、このソロモン72柱の悪魔が呼び出されたのよ」

シキは房子の説明に頷きながら資料の写真を膝の上に置くと、そこに写し出された原潜晋級に立てられた五星紅旗を見つめていた。

「ハク坊、あ！　ごめんなさい。ハク中尉、『北京の中南海』は今回の桓離の動きをどう見ているの？」

シキは、いつもの呼び方をしたのを言い直すと、隣でハンドルを握るハクに尋ねた。「北京の中南海」とは、中国共産党のトップである「中央政治局常務委員会」の七人のメンバーを指し、このメンバーたちが北京にある「中南海」とよばれる場所に住んでいるとされていることからそう呼ばれていた。

「習主席をはじめ、メンバーは今回の件について神経をとがらせているようなんだ。ＳＳＦはＳＳＤ（航天系統部）とＮＳＤ（網絡系統部）から成っているのだけど、今回の桓離の動きは、主にＳＳＤが指導することで行われているんだ」

ハクは、シキの方を見ることもなくそう応えた。ＳＳＤは人民解放軍の宇宙作戦を担当する部門であるため、桓離は人工衛星を使った何かを目論んでいることが考えられた。

「ハク中尉、あなたはＮＳＤの方だったわね。だから中南海はあなたを今回の任務に抜擢したのね。そして桓離は、岐山にある周公の秘密の室に閉じ込められていたとき、そこで未来の戦争を見ているのでエウメロスが目を付けたのね。それに桓離は熊の半獣なので手強いわよ！」

房子は運転するハクの背中からそう声を掛けた。

「秦先生、私の正体が『白起』であることをお忘れですか?」

ハクは眉一つ動かさずにそう応えた。

「あら、そうだったわね！　失礼したわ！」

房子が肩をすくめてそう言うと、助手席のシキがクスクスと笑いながら資料を房子に戻した。

「秦先生、心配しないでください。仮にアトラスが蘇っても、ハクがいれば何も恐れることはありませんから」

シキの言葉には、ハクに対する絶大なる信頼と愛情が感じられた。房子はシキから資料を受け取るとそこで話を打ち切り、車の窓に広がる黄山の美しい景色に目を移した。

16　八幡神社

八百万の神

房子は、中国黄山に向けて出発する前に、光と剛を呼んでソロモン72柱の悪魔を封印する時期と方法の再確認を行った。封印の方法は既に光に伝えていたので、その準備の進み具合を確認するものだった。

そして大事なことは、悪魔を封印する時期であった。このタイミングを間違えると、アトラスは完全に復活して力を発揮できるようになるからである。そのため房子は、出発前にわざわざ光と剛を呼んだのであった。

「岡本さん、君島くん、渋谷での悪魔封印の結界は、中国黄山において、アトラスを蘇生するための魔法陣が発動を開始したタイミングで行うのよ。いいわね」

房子は、黄山の魔法陣発動開始を確認でき次第、光に連絡する方法を説明して、光と剛にそのときの対処について厳命したのだった。房子は光と剛に、ソロモン72柱の悪魔を封印する結界の説明を始めた。

ソロモン72柱の悪魔を呼び出したヘキサグラムは、渋谷駅をまたいで展開しており、六つのエリアに十二宮サークルが落とし込まれていた。房子は、このヘキサグラムにある七二のホロスコープのマークを消去するために、八幡神社が祀る須佐之男命（スサノオ）の霊力を使うことにしたのだ。

日本には「八百万の神」という概念があり、全国にはさまざまな神々をまつる神社があるが、その中で最も多いのが、八幡神を祭神とする八幡神社である。八幡神は、元々は大漁旗を意味する海神といわれ、神社では誉田別尊《ほんだわけのみこと》、あるいは応神天皇の祭神名でまつられている。記紀（古事記と日本書紀）によると、八幡神は渡来人を用いて国家を発展させ、中世以降は軍神八幡神としても信奉されたとされている。

しかし、元々八幡《やわた》大神と呼ばれていたのは、スサノオであった。八《や》は出雲（スサノオ）の数字で、幡は倭国統一に際して用いた旗・幟で、スサノオを表すことになる。八幡神社の総本宮の宇佐八幡宮のある宇佐（大分県）は、スサノオと日向津姫が新婚生活を送ったとされる安心院《あじむ》に近く、また、息子のニギハヤヒが豊の国を統治した時に政庁を置いたところである。

そしてスサノオには、出雲の国津神であるアシナヅチとテナヅチの娘であるクシナダヒメが生贄になるところを助けるという「ヤマタノオロチ伝説」が伝えられる。

房子の説明によると、アザエスがソロモン72柱の悪魔を呼び出すためにつくったヘキサグラムを封印する方法とは、次のようなものであった。

先ずは、渋谷駅の最寄りの八幡神社、具体的には代々木八幡神社、太子堂八幡神社、渋谷金王八幡神社の三社によるトライアングルで、アザエスのヘキサグラムを包み込む結界を張り、悪魔を封じ込める。そしてこの三社に全国の八幡神社からスサノオの霊力を集めることで、ヤマタノオロチを呼び出し、オロチの持つ霊力を使いホロスコープのマークを一挙に消去するというものであった。

光と剛は、ソロモン72柱の悪魔を封印する結界について西嶋教授に説明するために、渋谷桜丘町の教授の研究室を訪ねていた。

「西嶋先生、この度はお迷惑をおかけしますが、どうかご助力をよろしくお願いいたします」

光と剛は、研究室に招かれると直ぐに頭を下げた。

ソロモン72柱の悪魔を封印する結界

「何を言われますか！　相田と板谷から話は聞いていますよ。私までお役に立てるなんて、こっちからお礼を申し上げますよ！」

西嶋教授は、本当に嬉しそうな顔をしながら、二人を研究室のテーブルに案内した。

「光さん、先生も光さんのファンなんですよ！　ウッシ、シ、シ！」

板谷がおかしな笑い方をした。

「バカ！　板谷！　お前、口が軽いぞ！」

西嶋教授の言葉は険しいものであったが、顔は笑っていた。

「先生、顔が緩みきっていますよ！」

相田も笑いながら板谷に同意した。

「ウォッホン！　ささ、岡本さん、君島さん、とにかく詳しい話を聞かせてください」

西嶋教授には、既に二人の学生の言葉は耳に入っていなかった。

「それでは早速ですが、ソロモン72柱の悪魔を封印する結界についてご説明させていただきます」

光はそう言うと、房子から預かったソロモン72柱の悪魔を封印する結界図をテーブルの上に広げて説明を始めた。

光の計画では、代々木八幡神社を相田に、太子堂八幡神社を板谷に、そして渋谷金王八幡神社を西嶋教授に受け持ってもらい、この三社のトライアングルによってソロモン72柱の悪魔を蘇らせたホロスコープのマークを包み込み、スサノオの霊力でそれを消し去るというものであった。

全国の八幡神社から渋谷の結界に集まる霊力

「なるほど、八幡神社が祀るのは実は須佐之男命ということは聞いたことがあるが、そのスサノオの霊力をどのようにして引き出すのでしょうか？」

八幡神社が須佐之男命を祀る神社だと知る教授に、光は少し見直したように言葉を弾ませて応えた。

「さすがは西嶋先生ですねぇ、説明が楽になります。それでは続けさせていただきます。神代の時代に須佐之男命が出雲で退治したと言われるヤマタノオロチを呼び出すことで、その力を使役します」

光が言った「ヤマタノオロチを使役する」という言葉には、三人ともどういうことなのか、全く想像も及ばないようであった。そのため光はオロチの持つ力から説明を続けた。

「オロチは水神や洪水の化身と言われます。そのため、オロチが出す霊水によってソロモン72柱の悪魔を蘇らせたホロスコープのマークを洗い流してしまうのです」

光の説明に耳を傾ける三人は、ホロスコープのマークを消去することには、うんうんと頷いてはいたが、肝心のオロチをどうやって呼び出すのかを聞きたがっていたのだった。

「あら、ごめんなさい。オロチをどうやって呼び出すかが先ですね」

光は三人の表情を見て、何を言わんとしているかがわかり、自分も秦先生と話しているときは、このような顔だったのではないかと思った。

「オロチの大好物はお酒です。ただそのお酒は普通のお酒ではなくて、八塩折《ヤシオリ》という特殊なお酒です。そしてそれを使ってオロチを呼び出し、八つの口から霊水を九度吐き出すことを命じます」

八つ口から九度と聞いた西嶋教授は、「なるほどそれで七十二なんだ！」とつぶやきながら納得していたが、その横にいた板谷が、再び素っ頓狂な声を出した。

「『ヤシオリ』ですって？　『シン・ゴジラ』の『ヤシオリ作戦』じゃないですか！」

板谷の声に驚いた相田が素早く板谷の口を塞ぎ、申し訳なさそうに頭を下げ、先を続けて下さいと畏まった。

「ム……、板谷くん、あれは俺も観たよ。ゴジラを倒す際に用いられた『巨大不明生物の活動凍結を目的とする血液凝固剤経口投与を主軸とした作戦』だったね」

剛が再び話を逸らした板谷に救いを差し伸べると、板谷は相田に口を塞がれたまま、「フムフム」と口ごもりながら頷いた。しかし、光はそのことを全く気に留めることもなく説明を続けた。

「ヤシオリとは、日本神話で須佐之男命がヤマタノオロチを倒す際に用いられた酒のことですが、国税庁醸造試験場において「貴醸酒」の名で技術開発されたことがあります。そして秦先生はこの事態を先読みしていて、出雲の酒造会社に予め準備させていたのです」

光の説明を食い入るように聞いていた西嶋教授は、腕組みをして呟いた。

「秦先生がそんなことを……、あの方はいったいどういう方なんだ……？」

それを見ていた相田と、その束縛から逃れた板谷も、うんうんと頷いていた。

「三つの八幡神社には、このヤシオリを二十四樽ずつ準備いたします」

二十四樽という数を聞いた西嶋教授は、「なるほど、二十四樽を三社で七二になるな」と再び数に感心していた。

「ところで、光さんと剛さんはどうされるのですか？」

相田が核心の質問をしてくれたので、待ってましたと言わんばかりに光は目を輝かせて言葉を続けた。

「相田くん、ありがとう。グッドクエスチョンよ。渋谷駅をまたいで展開しているヘキサグラムの中心はこの辺りよね」

光はそう言って広げたい地図の上を指で示した。しかし三人は、光が示した場所よりも、白魚のような白く細い光の指の美しさに見とれていた。

「私はここで、出雲の国津神アシナヅチとテナヅチの娘のクシナダヒメに扮して白拍子を舞うことで、オロチを招聘します。そして、オロチが現れるとスサノオに扮した剛が、オロチに九度ヤシオリ酒を喰わすことで、九度の霊水を八つの口から吐くことを命じるのです」

光の説明で、ようやくソロモン72柱の悪魔を封印する結界の仕組みを理解した三人は、それぞれ腕組みしながら感心しきりであった。

「しかし、俺も光さんが白拍子姿で舞うのをみたいなぁ。でも光さん、この場所は明治通りを跨ぐペデストリアンデッキになりますね。めっちゃ人通りがありますよ。大丈夫なんすか？」

板谷は人通りが多いことの心配より、本当に光の白拍子姿が見たいようであったため、相田から肘鉄の洗礼を受けていた。

「ふふふ、板谷くん、この仕掛けを実行するのは中国黄山の日の出の時間になるのよ。東京と黄山の時差は一時間なので十一月中旬だとだいたい七時くらいね。確かに人通りが出てくる時間だけど、その日は工事用の囲いを準備するので、中で何が行わせているかはわからないと思うの。それから私の白拍子姿なら、その後いくらでも見せてあげるわよ」

光のサービストークに板谷がニヤニヤと破顔したため、再び相田の肘鉄の洗礼を受けていた。

光と剛は、ソロモン72柱の悪魔封印の実行日については、中国黄山にいる秦先生からの連絡があり次第、三人にはメールで伝えること言い残すと、三人に見送られて研究室を後にした。

「いや〜、凄い話だったなあ」

西嶋教授は、光の話を噛み締めるようにノートのメモを見返していた。

「先生、どうです？　すっごい話でしょう？」

板谷は、まるで自分が主催者のように、小鼻をふくらましながら興奮してそう言った。

「うん、これはきっと世界を救う一大事だ。いいか、板谷、相田、この話を自分の親にも言うんじゃないぞ。俺も奥さんにも言わない！」

いつになく真顔の先生の顔を見た二人は、急に浮かれた気持ちが吹き飛んでしまった。

「先生、僕もそう思います。この話は三人だけの秘密にすべきと思います。いいか、板谷！　お前も他言するなよ！」

相田が板谷に釘を刺すと、板谷はふくれっ面をしながら、そんなことはわかっているよという素振りを見せた。

「なんだか、とんでもないことを任された気がする。俺はこの儀式（イベント）が終わるまで酒は飲まんぞ！」

西嶋教授が握りこぶしをつくって自分を奮い起こしているのを見て、「大丈夫かなぁ」と二人の学生は心配になるのであった。

ハクとシキの思い

東京渋谷でのソロモン72柱の悪魔を封印する結界の準備が進む報告を光から受けた房子は、ハクとシキを伴い、黄山でソロモンの悪魔によって設置が進むアルターストーンを監視していた。そしてエウメロスと桓魋が姿を現すのを待っていた。

「秦先生、東京渋谷の様子は如何ですか？」

ハクが優秀な軍人らしく、刻一刻と変化する状況を把握することに努めていた。

「ハクくん、渋谷でのソロモンの悪魔を消し去る準備は大丈夫みたい。私の指示で悪魔たちを封印することができるわ」

房子は、光や剛との通常の連絡はスマートフォンで行っているが、このプロジェクトの最も重要な点、すなわち、いつソロモン72柱の悪魔を封印するかについては、ベルウェザーに通信を傍受される恐れがあるため、蒼海君の力（仙術）を使い、テレパシーで光の脳に直接呼びかけ、そして光の考えを受け取っていた。

「私たち蚩尤の意志を受け継ぐのは、岡本光さんと言われましたか、その子が結界をつくってくれるのでしょうか？」

シキは、光が姜黎の意志を受け継ぐ者であることを房子から聞いていたのだった。

「シキさん、姜瘣と姜黎の姉妹は、姜識であるあなたにとって娘も同然なのよね。大丈夫よ。光は姜黎の意志と能力をしっかりと受け継いでいるわ」

シキは房子の言葉に、目に涙を浮かばせていた。

「秦先生、渋谷でソロモン72柱の悪魔を呼び出したのは、吸血族のアザエスです。光はまだ蚩尤の力に目覚めていないのではありませんか？」

ハクが心配そうに房子に尋ねたため、シキは不安な顔をして房子を見た。

「そうね……、確かにあの子の力はまだまだね……。だけど、剛くんがいるから大丈夫だと思うわ。それにルージュも渡してあるし……」

房子が光に教えたソロモン72柱の悪魔を封印する方法は、八幡神社が祀るスサノオの霊力でヤマタノオロチを使役することでホロスコープのマークを消去するというものである。

そしてこのヤマタノオロチを呼び出すために、光はクシナダヒメに扮して舞うのであるが、このとき必ずルージュを唇に施して舞うことを、房子は光に申し渡していた。

「君島剛という男は、蒼海の戦士応竜の意志を受け継ぐ者だと言われていましたね」

ハクにとって蒼海の戦士とは特別な存在であった。それは、蒼海の戦士趙良が、白娘子と白起母子の恩人であったためであった。

「まあ、応竜と姜黎という蒼海の戦士と蚩尤の意志が覚醒すれば、ケルベロス軍団なんて問題じゃないのだけど……。たぶん大丈夫よ。黄竜様がそう言っているから！」

房子は、ここでも自分の言葉に自分で納得していた。

「それよりもハクくん、こっちも準備を進めておかないといけないわ。アトラスを甦らせるエウメロスの魔法陣には、二箇所の海底があるわよね？」

房子は、いよいよ軍師の本領発揮と言わんばかりに目を輝かせて、ハクに指示を始めた。

「はい、この黄山の西方のポイントである桜島との間は、東シナ海の海底となり、南方の日光岩の先のポイントは南シナ海の海底となります」

房子に魔法陣の配置確認を求められたハクは、地図を見ながら房子に応えた。

「そうね。桓魋が二隻の〇九四型原子力潜水艦『晋級』を出したということは、この二箇所において悪魔たちに作業させるためだと思うの。そしてこの海域は、東シナ海は韓国と、南シナ海はフィリピンとの間で微妙なところでしょ」

房子の言葉にハクとシキは、地図を見ながら頷いた。

「この海域には米軍が『バージニア級』を貼り付けているので、逐一情報は入って来るの。この『晋級』には、エラシッポスとメストルがそれぞれ乗り込んで悪魔たちに指示を出しているの。間違いないわ」

エラシッポスとメストルとは、先史のイベリア半島で、幼い頃のエウメロスの遊び仲間だったのが、エウメロスによって吸血族に加えられた者たちであった。

「それで秦先生、私はこの『晋級』になにを仕掛ければよろしいでしょうか」

ハクもいよいよ戦いが始まるとあって、目の色が変わっていた。

「エウメロスが黄山のアルターストーンに立ったとき、東シナ海の海底に設えられる祭壇には六つの心臓、南シナ海のほうには二つの心臓が生贄として捧げられるはずよ。生贄を持って海底に立つのは、ソロモンの悪魔たちね」

ここまで房子が説明すると、シキが先回りして応えた。

「先生、そのとき光と剛によってホロスコープのマークが消去され、悪魔たちが消えることになるのですね！」

自分の言いたかったことを先回りされた房子は、少し残念そうな顔をして言葉を続けた。

「そしてこのときにバージニア級から晋級に魚雷が撃たれるの。これでエラシッポスとメストルは封神されるわ。ハクくん、あなたはそのことを事前に習主席に説明して、承諾を取り付けて欲しいのよ」

二隻の晋級が、米軍の原潜の魚雷によって沈められることを聞いたハクは、少し困った顔をしたが、直ぐに言葉を返した。

「先生、わかりました。恐らくは、この二隻の晋級の乗員は、すでに人ではなくなっていることでしょう。そのような者たちをこのまま人民解放軍に戻すことはできません。しかし、晋級を沈めるのは、アメリカの原潜の魚雷ではなく、我が中国の魚雷で行います」

ハクが、人民解放軍の軍人としての誇りと国家へ忠誠心を示したため、房子は同意して米軍にそう連絡することを約束した。また、ハクが海軍潜水艦を動かすことができるのは、ハクがアッシャーであることを北京の「中南海」が知るためであった。

「そうね。中国の問題は中国が解決するのが一番ね！　あなたから習主席に説明してちょうだい」

房子はこのとき、ハクに虎狼の将軍白起の面影を見たような気がした。

「先生、問題はエウメロスがいつ黄山に現れ、アルターストーンに立つかですね。この辺り一帯は盗跖に見張らせていますが、まだまだそれらしい動きはないようです」

シキの配下である秘密結社「盗跖」の情報網に、中国国内においてつかめない動きはなかった。

「そう、問題はエウメロスがいつ黄山のアルターストーンに立つかなのよ……」


盗跖の情報網に桓魋がかかったのは、二〇一八年十一月十六日（金）であった。桓魋は部下も連れずに自ら運転する車で上海から黄山に向かっていることがシキに伝えられた。

「桓魋が一人で来るということは、いよいよ明日の日の出が、エウメロスによる魔法陣作動のときだと見てよろしいのではないでしょうか」

シキの報告に房子も頷きながら同意した。

「ハクくん、『中南海』は大丈夫ね？」

房子の念押しにハクは親指を立てて合図を送った。

「シキさん、これはあなたに預けるわ。お願い！」

房子は、縛妖索《ばくようさく》を鞄から出すとシキに手渡した。縛妖索とは中国始原の神である女媧の神器で、封神演義で姜子牙が九尾狐狸精を封神した武器であった。

「岡本さん、君島くん、始まりわよ。聞こえている？ 岡本さん、ルージュを忘れないでね」

房子は、東の方を向き稽首の礼をとると、静かにテレパシーを光に送るのだった。

17 八岐大蛇

剛の焦り

二〇一八年十一月十六日（金）の東京渋谷は晴れていた。また日中の最高気温が一七℃と、晩秋の

明治通りを跨ぐ渋谷スクランブルエア前のペデストリアンデッキ

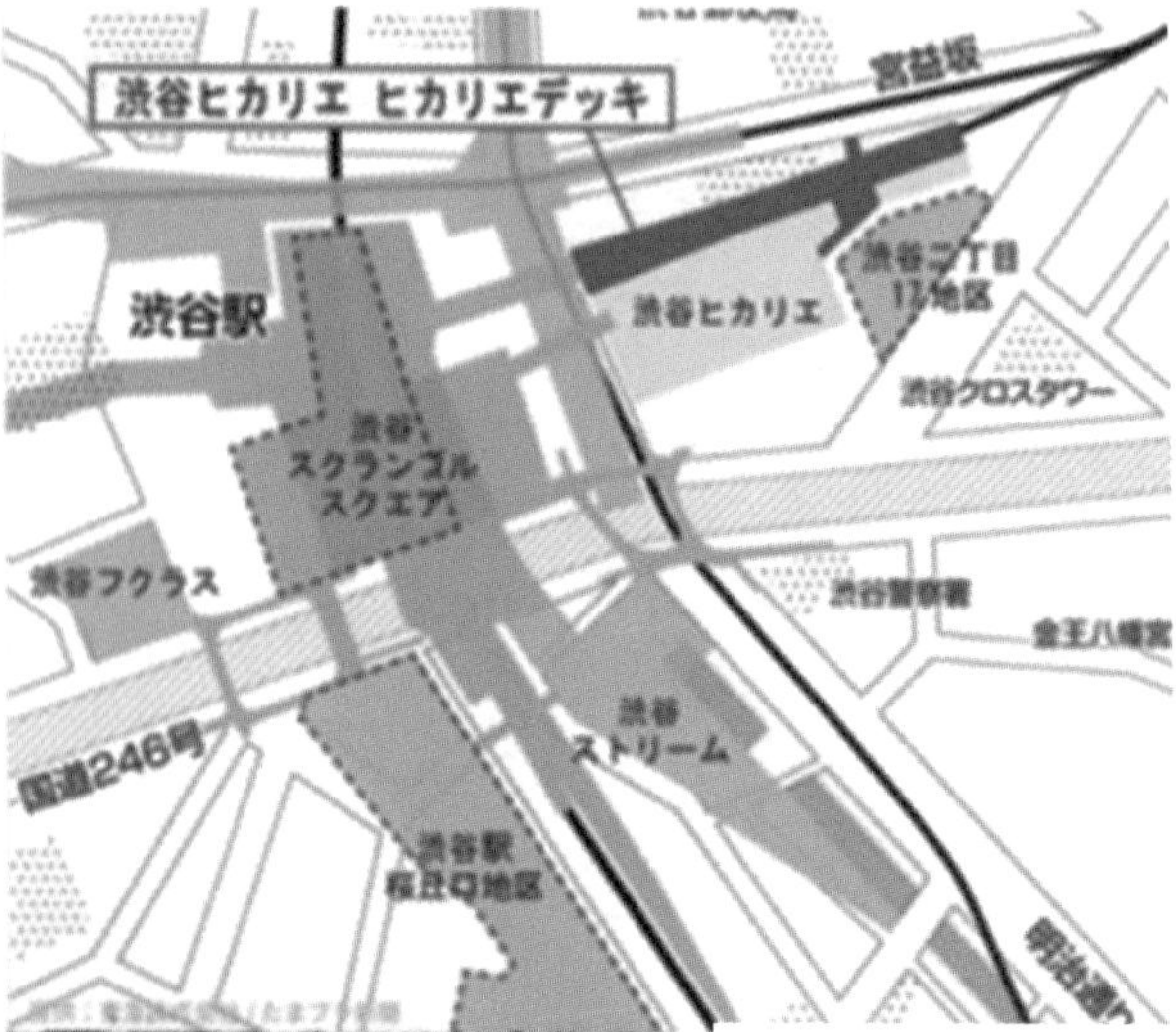

過ごしやすい気候であったが、翌日土曜日の朝の出時間の気温は放射冷却減少で十℃を下回り、八℃まで下がるとの予報が出ていた。

光と剛は、明治通りを跨ぐ渋谷スクランブルエア前のペデストリアンデッキで、八咫烏によって工事用の囲いが施設される様子を見ていた。

「お前から連絡をもらって来てみたが、いよいよ作戦開始ということだな。しかし、先生はお前にどうやって連絡をして来たんだ？　携帯電話なんかはベルウェザーに傍受されるから使えないと聞いていたんだが……？」

囲いがほぼ完成されたのを見ていた剛が光に尋ねた。

「それが僕にもよくわからないんだけどね。僕の頭の中に先生から指示があったんだ」

剛は、どうして光に聞こえて自分には聞こえないのだろうかと、少し不満気な顔をした。

「仕方ないよ。それが僕たちの役割分担じゃないのかな」

光は、剛の不満を察してそう言った。

「お前は、人の心を読むことができるようになったのか？　蚩尤の力が覚醒しているんだな！　俺には蒼海の戦士の力はいつになったら現れてくれんだろうな？」

光は拗ねる剛を見て、「あなたの顔を見れば誰だってそのくらいわかるよ」と言いかけたが、その言葉は呑み込んでしまった。

「大丈夫だよ。剛はいつでも僕のナイトだから、僕が危ない場面に遭遇したら、きっと蒼海の戦士の力で僕を救ってくれると思うよ」

今の光には、そう言って剛をなだめるしかなかった。

「ところで、秦先生のほうは大丈夫なのだろうか？」

明日の日の出時間が今回の仕掛けのクライマックスだと認識している剛は、本命の黄山の状況に想いを巡らしているようだった。

「東京と黄山市の緯度はだいたい同じなので気温も変わらないと思うけど、黄山の標高は高いので、明け方はかなり冷えるんじゃないかな」

光の言葉に剛は、天気のことを聞いてるんじゃないという顔をしていた。

「ん……。秦先生は縛妖索を持って行くと言っておられたので、本気でエウメロスを封神する気でいるみたいだけど……」

剛の顔色を伺った光は、自信なさそうにそう言った。

「だけどって、お前！　そのためにこんなにも大掛かりな仕掛けをやってるんじゃないか」

剛の不満は、自分の役割がスサノオになってオロチを使役することだけで、本当は日本に潜入しているアザエスを、自分の力で捕まえたかったのであった。

「剛！　あなたスサノオの詔はちゃんと言えるんでしょうね？」

煮え切らない剛を見ていた光は、子供のように拗ねる剛をいつになく厳しい言葉で叱った。

「お、お〜、それは大丈夫だよ。心配しないでくれ。それより、板谷たちは大丈夫かな……？」

剛は光の剣幕にタジタジになりながら、慌てて話題を逸らそうとしたのだった。

作戦開始

光と剛が渋谷スクランブルエア前のペデストリアンデッキでヤマタノオロチを招聘する舞台の施設を確認していたとき、西嶋教授と相田、板谷の三人は、渋谷金王八幡神社の境内にいた。そしてそこには、島根県松江市の酒造会社から送られてきた「八塩折」が入った二十四の樽（四列六樽の並び）が、本殿の左前に整然と置かれていた。

「ん……、これが例のヤマタノオロチを呼び出すための『八塩折』という酒か？　どんな味がするのだろうか？」

教授は酒好きで有名であったため、酒樽を見ながらごくりと喉を鳴らした。

「先生！　ダメですよ！　合図があるまで樽は開けられないんですからね！」

板谷が酒樽を覗き見ようとした教授の前に立ちはだかった。

「おう！　板谷！　そんなことはお前に言われんでもわかっとるよ！　明日の日の出時間に太鼓の音が聞こえたら、この木槌で全ての樽を開けるんだろう？」

教授はそう言うと、手にした木槌を相田と板谷の前に掲げて見せた。

「そうです、先生。太鼓の音を聞き逃しちゃダメですよ！　そして絶対に携帯電話を使った連絡をしないでくださいね！　いいですか！」

教授は、相田と板谷から小言を貰いながら、木槌を手にして逸る気持ち抑えるように、空を見上げて二人に尋ねた。

「明日は晴れるのか？　朝は寒いだろうな……」

教授は寒いのが苦手だった。

「明日土曜日は晴れですね。渋谷での日の出はおよそ六時なので、気温は八℃という予報です」

相田が几帳面に情報を伝えた。

「よし！　お前たちも明日は寝坊するじゃないぞ！　俺も今夜は晩酌やめだ！　ん……」

この前の打ち合わせで、今日から断酒と言っていた教授を思い出した二人は、クスクス笑いながら、「ありゃ、今夜も絶対に飲むね！」と言いながら呆れていた。

白拍子の舞

十一月十七日土曜日の日の出時間は六時であったが、気温は一〇℃に届かず寒い朝であった。三つの八幡神社にはまだ暗い未明から、西嶋教授と学生二人がそれぞれの持ち場に控えていた。また、渋谷スクランブルエア前のペデストリアンデッキの上に設えられた舞台では、光と剛がそれぞれ装束と白拍子の浄衣を纏い、じっとそのときが来るのを待っていた。

「アザエスは、襲ってくるだろうか？」

剛は、どうしてもアザエスが気になるようであった。

「ここと三つの八幡神社には、八咫烏が警固しているので、大丈夫と思うけど……」

それぞれの舞台を取り囲むように八咫烏の戦闘部隊がケルベロス軍団からの襲撃に目を光らせていた。

「しかし、お前のその白拍子姿は美しいな。その口紅は秦先生からもらったやつだろう？」

剛は光の白拍子姿を眺めながらその美しさに見とれていた。

「このルージュは、何故か先生の厳命なんだ……。僕はあまり塗りたくないのだけど……」

光は剛が口紅をジロジロと見るので、剛から口紅を隠すようにそう言った。

「いや〜、こんなに美しい白拍子姿だと、オロチも喜んで出て来るのは間違いないな！　は！　は！　は！」

剛は、高校時代に光がハーレイ・クインに扮したときもそうだったが、光が美しい女性に変身することが嬉しいようだった。

「バカ！　剛、なんだかあなた！　いやらしいわよ！　もっと緊張感を持ちなさい！　そろそろ夜が明けるんだからね！」

光がそう言うと剛は東の空を見た。ペデストリアンデッキの上に覆いかぶさるように走る首都高速渋谷線の六本木方向の空の下には、すでにオレンジ色に光が浮かび上がって来ていた。

「よし！　そろそろだな！」

剛は金剛杖を掴むと勢いよく立ち上がった。

「剛、まだよ！　黄山の日の出はここより一時間ほど後なんだから！」

光は血気に逸る剛を諫めるため、剛が持つ金剛杖を掴んでその棒で床をトントンと二回叩いて剛にそう言った。剛の金剛杖は八咫烏から譲り受けたものであるが、智慧の木（材料は桧）といって、大日如来を表すと共に行者の法身を表すものであった。

渋谷では日の出からしばらくたち、辺りも少しずつ明るくなってきた。そしていつもならこの時間になると、駅に向かう人や駅から出て来る人で、このペデストリアンデッキも人通りが増え始める時間であったが、この日は土曜日のために行き交う人も少なかった。

アザエスの襲撃

光と剛はじっと座って心胆を練っていた。すると光の頭の中で房子の声が響いた。

「岡本さん、エウメロスが現れたわよ。そっちは始めて大丈夫よ。しっかりね！」

房子の声を聞いた光は、剛を見て大きく頷いた。

「よし！　今度こそ、始めるぞ！」

二人は立ち上がりペデストリアンデッキの床の上に設えられた舞台に上がり、光は神楽鈴を持ち、剛は篠笛を持った。そしてお互いに顔を見合わせて二人同時に頷くと、光は鈴を鳴らし、剛は笛を吹出した。

しばらくすると光は鈴を置き、扇子を持って剛の笛の音に合わせて舞を始めた。するとそれまで雲一つなかった空がにわかに曇りだした。代々木八幡神社の相田、太子堂八幡神社の板谷、そして渋谷金王八幡神社の西嶋教授は、渋谷の方角の空を仰ぎ見て同じ言葉を呟いていた。

「始まったな。光さん、剛さん、頑張ってくださいね」

しかし、この光たちの儀式を渋谷スクランブルエアの屋上から苦々しい面持ちで見つめる目があった。アザエスであった。

「む……、ここまで八咫烏のせいで静観するしかなかったが、この儀式は秦房子の指示か……？いずれにしても、我らの大願を邪魔するものであるのは間違いないと見た。これは捨て置けぬなぁ」

アザエスは不敵な笑みを浮かべると、一瞬にしてその姿を消した。そしてアザエスが現れたのは白拍子の光が舞う舞台の上であった。

「女！　この前は八咫烏の邪魔が入ったが、今度こそ容赦はしない。今ここで、お前のそのうまそうな血を全て吸いつくしてやるぞ！」

アザエスはそう言うと、間髪をおかずに光に襲いかかった。そして光と剛は、突然のアザエスの出現に身構えることすらできなかった。

「は！　は！　は！　美しい女だ！　特にお前のその唇は何とも言えない美しさだ！　先ずはお前

のその唇から喰うてやろうようぞ！」

アザエスは大きく口を開けると、その犬歯を光の唇めがけて襲い掛かってきた。

「ギャー！」

光に襲い掛かったアザエスは、光の唇に触れるところでもんどり打ってのけぞってしまった。

「お前！　そのルージュは……？　ウルズの泉の水でつくったものか！」

光を投げ飛ばし、床に這いつくばって苦しんだアザエスは、爛れて膨らむ自分の唇を手で覆いながら光を睨み付けた。

「あなたがアザエスね！　そうか、このルージュは『ウルズの泉』っていうんだ？　教えてくれてありがとう！　でもね、あなたは間違っているんだよ。僕は『女』じゃないんだ！」

光の言葉に、アザエスは一瞬考えを巡らすスキをつくった。その瞬間、剛がアザエスに歩み寄り、その前に仁王立ちして、苦しむアザエスめがけて金剛杖を折って杭としたものを力任せに振り下ろした。

「ウ……、ギャー……」

胸に杭を差し込まれたアザエスは、断末魔をあげながら塵となって消え去ってしまった。ウルズの泉とは、北欧神話ユグドラシルの世界樹の根が到達するところにあるとされる泉で、その泉水は強力な浄化作用を持っていると言われる。

「剛、ありがとう。やっぱりあなたは僕を守ってくれたね。でも金剛杖を折って杭にするなんて、どうしてわかったの？」

光は、剛に助け起こしてもらいながらそう尋ねた。

「いや、俺にもわからない。ただ、頭の中で剛杖を折って杭にしたものを敵の心臓めがけて突き刺すイメージが頭に浮かんだような気がする。さあ、そんなことよりも儀式を続けようぜ！」

このとき光は、剛の中に明らかに蒼海の戦士の意志が受け継がれたと確信したのだった。そして光と剛は、お互いに気を取り直して舞の儀式を続けた。儀式が再開されると空に立ち込めた黒雲は一層厚みを増していった。そして時折雲間から稲妻が走っていた。

光と剛は、その稲妻が走る雲間にヤマタノオロチが八つの頭を蠢かすのを見て取ったため、八咫烏に太鼓を打ち鳴らすことを伝えた。


ドンドーンという太鼓の音が代々木八幡神社の相田、太子堂八幡神社の板谷に、そして渋谷金王八幡神社の西嶋教授の耳に伝わった。すると三人は、それぞれの八幡神社に置かれた「八塩折」の樽酒の蓋を木槌で叩き割っていった。

すると、叩き割られた酒樽からは、中に詰められた八塩折の酒がみるみるうちに空に舞い上がり黒雲に吸い込まれてしまった。

「あ〜、樽酒が空に消えてしまった……」

金王八幡神社の境内では、教授が悲鳴ともつかない声をあげていた。そして渋谷スクランブルエア前のペデストリアンデッキに設えられた舞台では、光に代わって剛が立ち詔の祝詞を唱えだしていた。
「高天の原に神留まります
皇すが睦つ神漏岐・神漏美の命以て
八百万の神等を神集へに集へ給ひ
神議りに議り給ひて
我皇御孫の命は豊葦原の瑞穂の国を
安国と平らけく領ろし召せと言依さし奉りき。
（たかまのはらにかむづまります
すめらがむつかむろぎ・かむろみのみこともちて
やほよろづのかみたちをかむつどへにつどへたまひ
かむはかりにはかりたまひて
あがすめみまのみことはとよあしはらのみづほのくにを
やすくにとたひらけくしろしめせとことよさしまつりき）」
祝詞を上げた剛は、続けてヤマタノオロチを使役する口上を唱え始めた。
「私はアマテラス大神の弟で、スサノオという。今、高天原から降ってきたところだ。今、我を祀る代々木八幡神社、太子堂八幡神社、そして渋谷金王八幡神社において、何度も醸した八塩折を八つの口に与えようぞ！　そして八つの頭は、その酒を九度喰らうて、八つの口から九度の襟（涎よだれ）を吐

白拍子姿で舞う光のイメージ

（出典：女人舞楽　原笙会　佐々木美佳氏撮影）

き給え。さすれば天帝より大いなる褒があたえられるであろう！」

剛が口上を終えると、黒雲から八つの首が現れ出て、三方の八幡神社めがけて降りていった。

「うわ〜……、凄いのがやって来たぞ……。ヤバイ！　小便ちびりそうや……」

太子堂八幡神社の板谷は、声を上げないように自分の手で自分の口を塞いで、同時に、前かがみになりもう一方の手で股間を必死に押さえていた。また代々木八幡神社の相田は、近づくオロチを見て、両手で耳を塞ぎしゃがみ込んでしっかりと目を閉じていた。

八つのオロチの首は、三つの八幡神社に別れると、そこにある八塩折酒が入った樽の上に頭を置き、大きな口が開けられると、ふたが開いた酒樽の酒がオロチの口に向かって吸い上げられていった。そして、あっという間に酒樽に入った八塩折が空になると、オロチは再び黒雲へと戻って行ったのであった。

オロチの八つの首が全て黒雲に戻ってから程なくすると、雲の奥から閃光が走り大地を揺さぶるほどの音を立てて雷鳴が響き渡った。そして、空にある水瓶の底が抜けたかのように、滝の様な雨が降り始めた。そして、ピカッ！　ガラガラゴー！　という物凄い雷鳴は九度響き渡り、その都度滝のような雨が降って来たのであった。

相田と板谷はこの凄まじい雷雨に、今にも自分がいる神社に雷が落ちやしないかと社拝殿の賽銭箱の後ろに隠れて、びくびくしながらうずくまってしまっていたが、西嶋教授は社の庇から出て、滝のように降る雨に顔を向け、口を開けて雨水を喉に流し込んでいた。

オロチがもたらした九度の雷鳴と豪雨が続く間、滝のような雨を受けながら、剛が吹く笛にあわせた光の舞は続いた。そして剛の笛が止み光の舞が終わると、降り続いた雨は嘘のようにピタリと止んだ。

「終わったのか?」

全身ずぶ濡れになった二人は、顔を見合わせ微笑みあった。空を覆っていた黒雲は跡形もなく消え去り、澄み切った秋の空が広がっていた。

「その口紅は『ウルズの泉』と言うのか? おかげで吸血鬼を仕留めることができた……」

剛は光に歩み寄り、雨で濡れた光の髪の毛を優しくかき上げると光の唇をじっと見つめた。

「秦先生は何でもお見通しだね。おかげであなたも蒼海の戦士応竜の力が覚醒したしね」

光も房子のルージュに感謝した。光の唇は雨で濡れていたために、その潤いは更に美しさを増して剛を引き付けた。

剛は無意識のうちに光の唇に自分の唇を近づけていた。

「剛! しっかりして! まだ秦先生のほうは終わってないのよ!」

光の声に剛は自分を取り戻すと、光と共に一番近い渋谷金王八幡神社に向かって走った。

18 パンドラの箱

黄山の戦い

ソロモンの悪魔が黄山に施したアルターストーンは、人を寄せ付けることのない切り立った断崖の上に建てられていた。東の空はまだ暗く、日の出までにはまだ小一時間ほどの時間があった。そして、熊の半獣である桓魋は、妖の姿を現しその鋭い爪を岩に突き刺しながら頂まで上り詰めていた。桓魋が岩山の頂に上り詰めるとそこにはすでにエウメロスが立っていた。

「エウメロス様、魔法陣はすべて整ったのでしょうか?」

桓魋は、隼に変身できるエウメロスにとっては岩山の頂は関係ないのだろうと思った。

「心配するな。全ては順調に進んでおる。ただ、最後に邪魔が入るようだな。闡教の者とは、桓魋、お前の宿敵のようだな」

エウメロスは、房子たちがこの場所を見張っていたことを承知していたようであった。

「それは、俺を周公の秘密の室に閉じ込めた顔回の縁につながる者たちが来ているんでさぁ。これはどうしてもおれ自身が片付ける問題だ。あんたには迷惑をかけねぇ」

桓離の申し開きにも、エウメロスは冷ややかに笑うだけであった。

「まあ、良い。それよりも、すぐにでも現れるぞ。女が二人、男が一人だ。アトラス様をお呼びする前に片付けようぞ。お前は若い男の方の相手をしろ。女二人は俺が始末する」

エウメロスは、まだ明けやらない空を仰ぎ見ながらそう言うと、その方向の空に二つの黒い点が現れ、見る見るうちにその形を現し出した。黒い点の一つはジェットスーツを付けたシキで、もう一つは房子を身体の前で抱えたハクであった。

ジェットスーツとは、両腕に装着した噴射口から高圧の空気を放ちながら空中を飛行するもので、まるでマーベル映画「アイアンマン」のワンシーンのような光景が、黄山の未明の空で展開された。ジェットスーツを纏ったシキとハクは両腕の噴射口から出る高圧空気を巧みに操ることで、エウメロスと桓離がいるアルターストーンの近くの岩に降り立った。

「ふぅ、私、高いところはあまり好きじゃないのよね。あ、ありがとう、ハクくん、さて、エウメロスさん、ようやく逢えたわね。逢いたかったわよ」

房子はハクに助けられながら、自分の体をハクの体に繋いでいたベルトを外した。そして房子は、さも昔の恋人に逢うかのように、エウメロスに語りかけた。

「フッ、俺はお前など知らんな、闡教か截教か知らんが、たかだか一〇〇〇年、二〇〇〇年生きただけで、俺にそのような口をきくとは、片腹痛いわ！」

エウメロス吐き捨てるように言った。

「あら、ずいぶんな言いぐさね。あなたは一万年か二万生きてるか知らないけど、ただの血吸うオッサンじゃない！」

房子はそう言うと、シキに手を差し伸べながら、その手を握るように目で合図を送った。

「ハクくん、そっちの熊さんはあなたに任せたわよ！」

房子がそう言い終わらないうちに、目の前のエウメロスの姿が突然消えた。そして手をつなぎ合った房子とシキの姿も、エウメロスを追うように消えてしまった。

「岡本さん、エウメロスが現れたわよ。そっちは始めて大丈夫よ。しっかりね！」

隼に変身してアルターストーンが施された峰の隣の峰に飛び移ったエウメロスを追った房子は、仙術を使って瞬間移動を行いながら、念波《テレパシー》を光に送ったのだった。そして、隼の姿で隣の峰に飛び移ったエウメロスが元の姿に戻ると、そこにはすでに房子とシキが待ち構えていた。

「ほ〜、少しはやるようだな。ふ、ふ、ふ」

エウメロスはそう言って不敵な笑みを浮かべながら指で輪をつくると、空気を切り裂くような指笛を吹いた。すると人狼が次々と峰の上に登って来た。

「お前たちの相手は、この者たちで充分だろう。俺は忙しいのでね。は！　は！　は！」

エウメロスはそう言うと、再び隼に変身してアルターストーンが施された峰に戻っていった。

「先生、私たちももう一度エウメロスを追いますか？」

シキは、二人を取り囲む人狼の群れに向き合いながら、房子に尋ねた。

「いえシキさん、まだ日の出には間があるわ。ここでしばらく様子を見ることにしましょう。やがてエウメロスの方が怒って私たちを襲いに来ることになるかも知れないわよ」

房子がそう言い終わらないうちに人狼の群れが次々と二人に襲いかかって来た。しかしシキが剣を抜き、襲いかかる人狼をことごとく切り伏せていった。

一方、ハクと桓魋も峰を移して向き合っていた。

「孺子よ！　お前はあの白蛇(白娘子)の息子だというのだな。ならば、我らと同じ眷族ではないか！何故人の味方をするのだ？」

桓魋は既に妖の姿に戻っていた。

「俺には闡教も截教も関係ない。正しい者と邪悪な者の違いだけだ。そして俺は、お前のような邪悪な者が嫌いなだけだよ」

ハクは、剣を抜きながら涼しい顔でそう応えた。

「おのれ、小癪なことを言うな！　今、その減らず口を叩く頭を胴体から引き抜いてやるぞ！」

野獣となった桓魋は、鼻息も荒々しくハクに襲いかかって来た。そして桓魋は両腕でハクを捕まえようとしたが、ハクはするりと桓魋をかわすと、桓魋の背後に回って剣を構えた。

「フーフー、俺は周公の秘密の室で未来を見たのだ。人というものは、この世に誕生して以来ずっと戦いを繰り返している。そして今度は、この星すら滅ぼそうとしているのだぞ！」

身体が大きな桓魋は動きが遅く、素早く動くハクを睨み付けてそう言った。

「お前が何を見ようと俺には関係ないな。確かに人の中にはこの世の中を滅ぼしていまいたいと考える者はいるが、お前のようにすべてを無くしてしまうのは間違っている」

ハクは桓魋に向かい険しい顔で剣を構えながら言葉を続けた。

「俺は、お前たちに魂を支配されて自分を見失った者も含めて、人が好きだよ。なぜなら俺も過去にお前たちに魂を支配されることで、大きな過ちをしたことがあるからな」

ハクはそう言うと、何とも寂しい顔をしたのだった。

「おのれ！　人が好きなどほざきおって！　四五万人もの無抵抗な者を生き埋めにしたお前の言葉ではないぞ！」

桓魋が紀元前二六〇年におきた長平の戦いのことを言うと、ハクの顔色が変わった。そして桓魋が両手を頭より上にあげて襲いかかって来たとき、ハクは目にも止まらない速さで桓魋の横をすり抜けた。

すると桓魋の動きが止まり、その首がボトっと音を立てて地面に落ちた。

「頭が胴体から離れたのはお前のほうだったな」

ハクは剣に付いた桓魋の血を払うと、涼しい顔をして剣を鞘に収めるながらそう呟いた。

突然消えた悪魔

アルターストーンに戻ったエウメロスは東の空を見ていた。東の空には大地との間にオレンジ色の光が現れ出していた。

「そろそろだな。エラシッポス、メストル、お前たちの準備は大丈夫か？」

エウメロスは、原子力潜水艦「晋級」に乗りソロモンの悪魔を操るエラシッポスとメストルに、ときが来たことを念波で伝えた。

「エウメロス様、こちらは準備が整っております」

東シナ海と南シナ海に別れて作業をしていたエラシッポスとメストルから、同時に返答があった。するとと東の空に太陽が昇り出した。エウメロスはアルターストーンの前に跪いてアトラスが現れるのをじっと待っていた。

そしてアルターストーンのある峰から少し離れた峰の上にいる房子とシキは、襲いかかる人狼を退けながら、また別の峰にいるハクは、首を撥ねられて横たわる桓魋を足元にしながら、エウメロスの様子をじっと見つめていた。

東の空には太陽の丸い形がほぼ空に浮かんでいた。するとアルターストーンの上に姿が判明しない二人の人影が現れた。一人はがっしりした体躯の男で、もう一人は少年のような影であった。エウメロスは跪いたままアルターストーンの二人の影ににじり寄ると、深々と頭を下げて言葉を奏上しだした。

「アトラス様、お待ちしておりました。よくぞお戻りくださいました」

エウメロスは二人の影の前に跪いて深々と頭を下げ、恭順の意を示しながらにじり寄った。そして子供のような影から何かを受け取った。

「わかりました。このモノリスを用いてパンドラの箱を開けることにいたします。お任せください」

エウメロスはそう言うと、左手を真っ直ぐ空に向かって上げた。するとまだ日の出が間もない薄暗がりの空から一羽の隼が舞い降りてきて人の姿になった。それはアザエスの双子の兄弟でエウメロスの弟のディアプレペスであった。

「ディアプレペスよ、お前はこのモノリスを持ち先ずは武漢に行くがよい。そしてその後はロシアだ。ロシアにはアトラス様によって冥界から転生したラスプーチンがお前を待っている」

エウメロスはそう言うと、モノリスを入れた革袋を弟に渡して話を続けた。

「ディアプレペスよ、お前が何をするかは、そのモノリスがお前に語るであろう。お前はモノリスの声を聞いて準備を始めるのだ。よいな！」

ディアプレペスはエウメロスからの指示に頷きモノリスを受け取ると、再び隼に変身して西の空に飛び立って行った。

「アトラス様、それではこれより貴方様を完全なるお姿でお迎えする儀式に移らせていただきます」

エウメロスはそう言うと、立ち上がって指笛を吹いた。すると人狼がソロモンの悪魔を連れてアルターストーンの前にやって来て並びだした。

「よいか、これよりいよいよ実体としてのアトラス様をお迎えする。皆のも、準備を始めよ！」

エウメロスの指示で、ソロモンの悪魔たちはアルターストーンの周りに囲いをつくりだした。しかしそのとき突然、すべてのソロモンの悪魔たちは、蠟燭の炎が消えるようにいなくなってしまった。そしてアトラスとその父親のエウエノルと思われる影も消えてしまった。

「なんと！ どうしたことか？」

突然の出来事にエウメロスは狼狽した。そしてエウメロスの頭にエラシッポスとメストルからの言葉が送られてきた。

「エウメロス様、どうしたことか、突然、悪魔たちが消えてしまいました！……、あ……、それから、同朋艦がこちらに向けて魚雷を打ってきました！ 回避できないと言っています！……、ダメです……」

エウメロスのもとに、エラシッポスとメストルからの連絡は、それ以降途絶えてしまった。ハクの要請を受けた北京の「中南海」は、原子力潜水艦「晋級」を東シナ海と南シナ海に派遣することにより、エラシッポスとメストルが乗船する「晋級」を魚雷攻撃して撃沈させたのであった。

エラシッポスの封神

「岡本さんと君島くん、やってくれたようね。さあシキさん、エウメロスを封神するわよ！」

房子はシキと手をつなぐと、エウメロスがいる峰に瞬間移動した。

「お前たちか……？　張良子房といったか……、五〇〇〇年待ったのだぞ……。お前はその時間の意味をわかっているのか……」

エウメロスは顔を地面に向け伏せたまま房子たちのほうは見ずに、低く唸るような声でそう言った。

「あら、たかだか一〇〇〇年、二〇〇〇年しか生きていない私には長い時間ですけど、あなたにとってはたかだか五〇〇〇年じゃないのかしら、ほ、ほ、ほ！」

房子が道化るように笑うと、エウメロスは瞬間移動して片手で房子の首をつかんだ。

「お前のその減らず口を二度と吐けないように、この首をへし折ってくれるわ！」

エウメロスに首をつかまれた房子は、苦しい顔で悶えながらルージュを塗った唇を少し開けて虫の息となった。

「ふ、ふ、ふ、お前の唇に塗ったルージュは、ユグドラシルにあるウルズの泉水のものであろう。俺に唇を吸わせて撃退するつもりであろうが、あいにく俺には年増の趣味はないのだよ！　は！　は！　は！」

エウメロスはそう言うと、房子の首を掴んだ手を絞り込み出した。

「ウ……、なんて失礼な……、年増で悪かったわねぇ……」

エウメロスに首を絞められた房子は、苦しい態勢ながら片手をこっちこっちと振ることで、シキに合図を送った。するとシキは鞄から縛妖索を取り出すと、それをエウメロスめがけて投げつけた。すると投げつけられた縛妖索は、エウメロスの体に巻き付き締め付け出した。

「ク……？　なんだ……、これは……？」

縛妖索に縛られたエウメロスは、房子の首から手を離すしかなく、房子はエウメロスの手形の跡がついた自分の首をさすりながらゆっくりと起ちあがった。

「フッ〜、本当はアトラスの実体も呼び出してもらって、ハクくんに封神してもらいたかったんだけど、まあ、あなたがいなくなれば、アトラスも蘇ることもないわけよね。さあ、大人しく冥界に行きなさい！　それから最後に言っておきますけどねぇ！　あなた、口が匂うわよ。さよなら！」

房子とシキの後には、いつの間にかハクが立っていた。ハクは、アルターストーンの周りに残っていた人狼をすべて倒してしまっていた。

「む……、これで終わったかのように言うが、闡教の者よ……、お前たちは何もわかっていない。直ぐにパンドラの箱は開かれるぞ！　武漢とウクライナでは、既に仕込みは始まっておるのだ。もう遅いわ！　は！　は！　は！」

エウメロスはそう言い残すと、縛妖索に縛られながら体が灰になり、風に吹かれて消えてしまった。

「先生、パンドラの箱が開かれるとは……？　そして武漢とウクライナでの仕込みとは、いったいどういうことでしょうか？」

エウメロスを封神した縛妖索を拾い上げて鞄に仕舞いながら、シキが房子に尋ねた。

「ハクくん、武漢には何かあるの？」

房子はハクの方を振り向いて尋ねた。

「武漢には別段、桓魋が操ったSSFのような人民解放軍の重要な部隊はありません。ただ、中国科学院のウィルス研究所がありますが……」

ハクから「ウィルス研究所」という言葉を聞いた房子は、しばらく考え込むとゆっくりと頷いた。

「おそらくは、武漢はそれね。そして、ウクライナは……、ウラジーミルが取り込まれるのかもしれないわね……」

房子の言葉にシキとハクは、唇を噛み締めながら聞いていたのだった。

19　パンドラの箱に残ったもの

戦いは続く

黄山での戦いを終えた房子は、ハクとシキに黄山駅まで送ってもらい、そこからやって来たルートを折り返すことで上海国際空港に向うことにした。黄山駅に向かう途中の車の中で房子は、日本の光に携帯電話で連絡した。陽はすっかり昇り、日本では九時を回っていた。

「秦先生、ご連絡お待ちしていました！　ご無事で安心しています！」

電話の向こうでは、光の明るい声が弾んでいた。そして光のそばで剛が何かしゃべっている声も聞こえていた。

「ありがとう、岡本さん。君島くんもそこにいるようね。なんとかこっちは完了したわ。ただ、パンドラの箱は開けられてしまったみたいだけど……」

房子は少し疲れたように、短い説明で光に黄山での戦いを報告した。

「パンドラの箱が開けられてしまった……？　とは、どういうことでしょうか？」

房子の声に疲れた様子がうかがえたため、光の声色は急に心配したものに変わった。

「まあ、そのことは帰ってからゆっくりと話すことにするわ。とりあえず、あなたと君島くん、あ、そこに西嶋教授もいるんだったら、ご苦労様でしたと伝えてちょうだい」

房子は、光への電話を切ると、目をつぶってため息をついた。

「先生、パンドラの箱とは、いったい何でしょうか？」

運転するハクの隣の助手席に座るシキが後ろの房子に振る向いて尋ねた。

「パンドラの箱とは、『あらゆる災いのもと』という意味をもつ言葉で、ギリシア神話に語られるものなの。箱の中には病気、盗み、ねたみ、憎しみ、悪巧み、そしてお互いが傷つけあう争いなどのあらゆる悪が詰まっているのよ」

房子はそう説明すると、顔をくもらせた。そして房子の顔色を見たシキも、同じように頭をうなだれ顔をくもらせてしまった。

「でもね、パンドラが箱を開けてたくさんの邪悪なものが飛び出したあと、たった一つ、箱に残ったものがあるのよ」

房子は急に明るい声で言葉を続けたので、シキも顔をあげて尋ねた。

「先生、そのたった一つ残ったものとはなんですか？」

シキの声も弾んでいた。

「それはね。『希望』なのよ。この物語は、世の中は『災厄』にあふれているけれど、人には『希望』

が残ったと、好意的に解釈されることが多いのよ」

房子は、すっかり元気をとりもどしていた。そしてシキとハクも笑顔で笑っていた。

「それじゃあ、アトラスという悪魔は、私たちに『希望』をプレゼントするために冥界からわざわざやって来てくれたのですね？」

シキの言葉は弾んでいた。

「そうね。アトラスを暫くの間呼び戻してくれたエウメロスには、感謝しないといけないわね」

房子の言葉に、三人は心の底から笑い合った。そしてその後、房子は、黄山からの帰途の車の中で、ハクに武漢での出来事を北京の「中南海」に報告すること、シキにはこの後にロシアに飛んでクレムリンの動向を探ることを指示したのだった。

渋谷金王八幡神社での別れ

房子から黄山での戦いを終えた連絡をもらった光は、西嶋教授たちには黄山での出来事は伏せて、ソロモンの悪魔たちを封神することで、魂を抜かれて渋谷で落書きをした人たちも救われたということを伝えた。

「え！　上手くいったんですね！　やったー！　俺、めっちゃ！　頑張ったんですよ！」

板谷が飛び上がって喜んだ。すると相田が笑いながら板谷の肩を叩きながら言った。

「お前、頑張ったっていうけど、オロチの顔を見て小便ちびりそうや！　って言ってたじゃないか！」

相田にそう言われた板谷は、前かがみの姿勢で股間を抑えながら、照れ笑いをして相田に言い返した。

「バカ！　失礼なことを言うな！　お前こそ、オロチが怖くて耳を塞ぎ、目をつぶって怯えていたんじゃないのか？」

板谷と相田は、お互い別の場所に居ながら、お互いの状況をほぼ言い当てていたため、光と剛は、可笑しくて笑いが止まらなかった。

「しかし、岡本さん、君島さん、この度は学生にとって、いえ、私もですが、たいへんに貴重な経験をさせていただきました。そして、このことは、私たちの記憶に封じ込め、口外することはありません」

西嶋教授はそう言うと、相田と板谷にもそうさせることを誓った。

「先生、今回は本当にありがとうございました。これで今晩からはお好きなお酒が飲めますね！」

光はそう言いながら、板谷に向かってウインクした。

「いや〜、そんな、コラ！　板谷！　お前、また余計なことを岡本さんに言ったな！」

西嶋教授はそう言いながら頭をかいて畏まっていた。

「光さん、剛さん、今回のことは僕らにとって、本当に貴重な経験でした。できればまたお手伝いさせていただきたいです！」

相田の目は涙が浮かんでいた。そして両手を光と剛の方に差し出した。するとそれを見て板谷も両手を光と剛に向けて差し出した。板谷の目にも涙が浮かんでいた。

「相田くん、板谷くん、君たちにはお世話になりました。私も剛もあなたたちとまた何か一緒になって仕事ができることを願っているわよ。そうでしょう、剛？」

光に言葉を向けられた剛は、もちろんだと言いながら二人が差し出した手を鷲掴みすると三人握手をした。すると三人の握られた手に光が両手を出して添えると、それを見て西嶋教授も慌てて手を添えた。

「よ〜し！　我ら『渋谷探偵団』の明るい未来を祈念してご唱和くださいね！」

板谷がいきなり突拍子もない声をかけてきた。

「なんだよ！　お前は、『渋谷探偵団』ってなんだよ！」

相田が呆れたように言ったが、光は笑いながら「うん！」と勢い良く言葉を返して頷いたので、みんな板谷の唱和の言葉を待った。

「おい！　早く言えよ！」

相田が板谷を急かした。

「よし！　それでは俺が掛け声をかけますので、みんなはその後に『ＯＨ〜〜！』とご唱和ください！」

板谷は、五人が手をつないで輪になる中で、自分だけ再び前かがみの姿勢になると大きな声で掛け声を唱え出した。

「我々渋谷探偵団は、本日ここに設立されました！　その目的は、正義を貫くことで、人々に『希望』をもたらすことです！　よ〜〜し、頑張るぞ！　ＯＨ〜〜！」

板谷の掛け声に一同は「ＯＨ〜〜！」と声をあげ、手を空に向かって高く突き上げたのだった。渋谷金王八幡神社の境内には、五人の明るい声が響き渡ったのだった。

了

渋谷金王神社境内

著者略歴
祁答院　隼人（けどういん　はやと）
小説家
鹿児島県霧島市在住

ネアンデルタール人が見た夢

2024年４月30日　初版発行

著　者　祁答院　隼人　© Hayato Kedouin
発行人　森　　忠順
発行所　株式会社 セルバ出版
〒 113-0034
東京都文京区湯島１丁目12番６号 高関ビル５B
☎ 03（5812）1178　FAX 03（5812）1188
http://www.seluba.co.jp/
発　売　株式会社 三省堂書店／創英社
〒 101-0051
東京都千代田区神田神保町１丁目１番地
☎ 03（3291）2295　FAX 03（3292）7687

印刷・製本　株式会社丸井工文社

ISBN978-4-86367-887-3